C H A R A C T E R　F I L E

Misfortune † Seven

伊甸

Age 25

「放下你們手上的功課和工作，寶貝們，該睡了。」

性格

成熟穩重的魅魔，大部分時間都與那位忙於公務的面癱神父為伍。

在面癱神父失眠的夜晚負責說幾個無聊的冷笑話哄他睡覺。

CHARACTER FILE

Misfortune † Seven

約書·克拉瑪

Age 25

「魅魔都在大白天時睡覺嗎？
好羨慕喔。」

性格

內心戲很多的面癱神父，最喜歡挖苦魅魔，閒來沒事會揮舞著手上的權杖到處去戳試圖在上班時間打瞌睡的神父們。

偶爾也會把權杖當成魔法棒使用，召喚魅魔伊甸出來講冷笑話娛樂自己。

最壞示範，請勿模仿。

C H A R A C T E R　F I L E

Misfortune † Seven

威廉

Age 16

「如果你不想睡就不要睡好了，你就滑一輩子手機吧！」

性格

被動害羞的粉紅色魅魔，強迫他現身的話會變成個性很差的傢伙。
如果想要他現身，請放輕語氣，溫柔地獻上蜂蜜與牛奶，如果能以金髮神父為獻祭是再好不過了。
是半夜談心的最好伴侶。

CHARACTER FILE

Misfortune † Seven

格雷·司普蘭

Age 23

「我將成為魅魔們的夢魘！」

性格

驕傲、自滿又中二的神父，身上除了聖經和聖水不離身外，髮蠟也是必備用品。試著抓捕魅魔威廉，但魅魔威廉似乎總是往另一位神父的夢境裡躲藏。

GOBOOKS
& SITAK
GROUP©

三日月書版

三日月書版

輕世代 FW328
7
著 碰碰俺爺
畫 woonak
MISFORTUNE † SEVEN
夜鴉†事典
鴉入樊籠
三日月書版

夜鴉事典

Misfortune † Seven

CONTENTS

CHAPTER 1

回憶

瑞文還記得柯羅剛出生時就這麼小一個而已，像團醜醜的小肉球。他被達莉亞抱在懷裡，臉皺成一團，要哭不哭的模樣。

過來看看你弟弟。躺在病床上的達莉亞對他說。

當時達莉亞的氣色還很好，女人臉上洋溢著喜悅的笑容，雪白的肌膚透著玫瑰色澤般的粉紅，黑色的長捲髮像瀑布一樣，很美。

瑞文好奇地走上前，然後他看到他的弟弟窩在母親的懷裡，原本皺皺的臉在他接近時好像舒緩了點。

我可以碰他嗎？他小心翼翼地問。

當然。達莉亞說，她伸手捧住他的臉，並且親吻他的臉頰。

所以瑞文放心地伸出了手指。他弟弟的手也小小的，剛好可以握住他的指頭。

他叫什麼名字？

柯羅。

柯羅。瑞文複誦了一次。

是不是很可愛？跟你剛出生的時候幾乎一模一樣。達莉亞用手指輕輕戳著柯羅的臉。

瑞文學著母親，用手指輕輕戳著柯羅的臉。不可思議地看著眼前這個粉紅色的小肉團。這是他的寶貝弟弟。

我的弟弟，我的。他忍不住為這個概念笑出聲來。

是的，你的寶貝弟弟，你成為哥哥了，從今天開始你的任務就是要好好地保護你弟弟，讓他過得開心，逗他笑，別讓任何人有機會拘束他，像我們一樣——

嗯？瑞文當時還小，還不懂他母親的意思。

達莉亞只是微笑並看著他，沒回應他的困惑，而是對他伸出了雙手。

來吧，讓我們一起抱抱我們的小柯羅。達莉亞說。

瑞文沒有猶豫，他開心地伸手環抱著他的母親和他弟弟。

還記得那天的天氣很好，陽光很大，連空氣聞起來都有種暖暖的大麗菊花香，他們把柯羅這個小肉團夾在中間，什麼也不做，只是盯著天花板看。

極鴉家曾經有過這麼一段奇妙的時光——

現在想想，事情是從什麼時候開始變調的呢？

瑞文的記憶已經有點模糊了。

不知道是從哪天開始，母親的臉變了。達莉亞臉上不再出現微笑，她原本漂亮的黑色長捲髮總是散亂著，圓潤的臉蛋因為消瘦而顯得病懨懨的。她看著他們的眼神也不再帶著笑意，彷彿像在看陌生人一樣，多疑且猜忌。

而在圖麗出生之後，那種多疑且猜忌的眼神開始轉變成一種令人畏懼的憤怒。

不像柯羅出生時的狀況，達莉亞從不讓他們觸碰圖麗。她總是將圖麗抱在懷裡，深怕被人搶走似的。只要有人試圖碰觸圖麗，她就會變得非常、非常生氣。

也因為達莉亞的精神狀況開始變得時好時壞，所以瑞文從不讓年幼的柯羅單獨和母親相處。

但瑞文永遠記得，那次年幼的柯羅趁著他不注意，溜進了母親的房間，一臉好奇地攀在嬰兒搖籃旁，並且試圖伸手觸摸他們的小妹時的場景——

瑞文從沒看過這樣的母親。

她站在柯羅的面前，黑色的長髮微微地飄浮著，面容和眼神極度嚴厲，室內的光線在一瞬間暗了下來。

忽然間，房間內充滿了各式各樣的細語聲，有像男人一樣低沉的聲音，也有像女人一樣尖銳的聲音。瑞文聽不清楚那些聲音究竟都說了些什麼，他只聽到他們在同個時間大喊著：母親。

別、碰、她！母親咬牙切齒地說著，一字一句，像是在對憎惡至極的人喊話。

不、准、碰、我、們！

母親的聲音變得恐怖而低沉，連地板都微微震動著。瑞文聽到那些奇怪的細語聲開始發出笑聲。

媽咪！妳嚇到我了。年幼的柯羅哭喊著，不斷往後退去。

不顧年幼孩子的哀泣，母親只是步步逼近，她腳下的黑影籠罩在柯羅身上，像巨大的野獸，把母子倆都吞食了進去。

接著母親伸出手抓住了柯羅。

媽咪！不要！柯羅當時淒厲的尖叫聲，至今都還時不時在瑞文腦海裡迴盪。

母親把她年幼的孩子壓在地上，像隻禿鷹似地想把他的身體撕扯開來。

瑞文看見女人把手伸進了自己的腹部內，拉出了一大坨黑色的影子，然後試圖塞進柯羅幼小的身軀之內。

不！母親，住手！瑞文聽見自己用稚嫩的嗓音喊著，他跑上前，腳卻像是踩進泥淖裡一樣寸步難行。

柯羅沒辦法承受這些！正當他伸出手要制止一切時，母親和柯羅的動作卻停滯不動了。

房間內忽然一片寂靜，瑞文看見母親在黑暗之中扭過頭來瞪著他看，她的雙眼內一片血紅，黑髮宛如藤蔓一般地攀爬著整個空間。

母親掐著他靜止不動的弟弟，兩人像融化的蠟，和那坨黑影一起流入黑暗之中。

等瑞文意識過來時，母親已經從他腳底爬了上來，並用她擦著大紅指甲油的白皙雙手掐住他的脖子，死死捏住了他的氣管。

瑞文痛苦地掙扎著，無法呼吸，直到母親對他笑著說——你想要我把「牠」給你嗎？貪心的孩子，你覺得自己承受得了嗎？牠會吃光你的美夢，讓你陷入無盡的惡夢之中，你覺得自己承受得了嗎？

那一刻瑞文停止了掙扎。他看著她的母親，然後笑了。

「真是的，我又做夢了，對嗎？」瑞文哼了一聲，他找回了自己原本的聲音，也不再感到窒息難受。

母親的影子依然壓在他身上，並且質問他：回答我，瑞文。

「為什麼妳認為我不能？」瑞文反過來質問對方。

母親瞪著他，然後發出了尖銳的笑聲——因為你早就分不清什麼是美夢，什麼是惡夢了。

瑞文正想開口回話，有人伸手搖晃了他的身體。

「瑞、瑞文——」

瑞文聽到了稚嫩的嗓音喊著。他張望著，試圖尋找柯羅的身影，但放眼所及只是一片黑暗。

「瑞、瑞文！醒醒，我需要你的幫忙——」

直到他的身體再次被搖晃。

瑞文終於張開了眼。一名七歲左右的黑髮男孩滿臉淚痕地出現在他面前，用他的小手不停搖晃著他。

「柯羅？」瑞文看著男孩的眼睛。男孩有對棕色的大眼，和柯羅的眼珠顏色完全不同。不，不是柯羅。

「我、我不是柯羅，我是布蘭登！」年幼的男孩哭泣著，試圖把瑞文從床上拉起，「快幫我，媽咪又變得好奇怪，她在傷害哥哥。」

瑞文打了個呵欠，睡眼惺忪地從那張印著卡通獨角獸的單人小床上坐起身來。

「快來！」小男孩布蘭登拉著瑞文的手，急忙想將他從床上拉起。

瑞文抹了把臉，雖然還想倒頭回去睡覺，但他還是很配合地讓布蘭登將他拉出小房間內。

布蘭登看起來很急，瑞文倒是不疾不徐地慢慢走著。他看了眼窗外的天色，今天的天氣陰陰的，空氣中還帶了點濕冷的氣息，像是要下大雨前的徵兆。

外頭庭院裡那種帶著草腥味的空氣，讓瑞文想起了一些事。

他們的母親很討厭這種濕冷的天氣，這種天氣總是讓她心情不好，所以她常常會在雨天替自己及孩子們煎一些美味的鬆餅，淋上很多的蜂蜜和奶油，讓他們每個人心情都變好一點。

——當然，這是在她變得瘋狂之前。

在母親變得瘋狂之後，再也沒有什麼熱騰騰的鬆餅、蜂蜜或奶油，這種天氣不過是讓母親變得更容易失控而已。

瑞文站在窗前抬頭望向天空，直到布蘭登又開始拉著他往前走，他才回過神來。

「我、我和哥哥在房間裡睡覺，結果媽咪來找我，她想抓我，她嚇到我了。哥、哥哥想救我，但是換他被媽咪抓住了——」布蘭登不停地打著哭嗝和瑞文解釋。

主臥室內傳來了碰撞聲和哭泣聲。

「快點幫我救哥哥！」布蘭登哭得很傷心。

瑞文覺得孩子的哭聲有點惱人，他正掙扎著要不要動動手指讓小男孩閉嘴時，臥室內的景象先分散了他的注意力。

一個黑色長捲髮的女人正將她十多歲大的長子壓在地上，手指緊緊掐著少年的脖子。

那個比布蘭登大一些的少年正深陷在地毯之中，臉色鐵青，雙腳不停亂踹，痛苦無措地掙扎著。

女人臉上掛著奇怪的笑容，淚水卻不停從眼眶裡滴落。

這場景簡直完美地重現了他的夢境——瑞文竟噗哧一聲地笑了出來。

「快幫我救哥哥！瑞文！」布蘭登拉著瑞文的衣角哭喊著。

瑞文卻像看到了什麼有趣的場面，笑到差點停不下來，直到被掐著的男孩都快沒了氣，他才緩過氣來。拍了拍布蘭登的腦袋，向他道歉：「抱歉抱歉，我的錯，大概是因為我不小心做了那個夢的關係。」

布蘭登大聲抽泣，他看著瑞文，年輕男巫的臉上卻帶著笑容，不像是有任何歉意。

「別擔心，我會處理好的。」瑞文俏皮地對著布蘭登眨眼，接著他伸手掐住了小男孩的嘴，「但前提是你必須閉嘴，行嗎？我的柯羅沒有這麼愛哭。」

布蘭登盯著眼前的男巫。他的臉被掐得很痛，也不知道柯羅是誰，淚水依舊在他眼眶裡打轉，但恐懼強迫他把自己的哭泣聲吞進喉嚨裡。

「很好。」瑞文微笑，這才願意去處理眼前的事情。他走向女人，伸手打了個響指，讓女人轉頭面對他。

布蘭登看到年輕男巫血紅色的瞳膜裡透出一股奇異的光芒，一閃即逝。

「好了，媽咪，別發狂。」瑞文像在訓練寵物似地發出了「噓！噓！」兩道聲音。

原本正在攻擊自己兒子的女人瞬間停止了動作。她站起身，被她丟下的少年則是猛烈地咳起嗽來。

布蘭登緊張地跑過去抱住哥哥。

「現在，轉過身來看我，媽咪。」瑞文繼續對女人說著，他的雙手攏在腰上，像在訓斥孩子般地訓斥著女人：「妳不該這麼對妳的孩子，妳為什麼這麼做呢？」

女人順從地轉過身面對瑞文，她的臉上帶著微笑，看著瑞文的眼神卻是異常地驚恐與畏懼，眼淚不斷地從她臉上滑落。

瑞文看著眼淚流個不停、笑容僵硬又不自然的女人，他挑眉，然後嘆了口氣：「好吧，這也不能怪妳，我忘了是我的錯，做夢的時候我控制不住自己。」

做夢時瑞文會變成連自己都意想不到的操偶大師。

「男巫……你對……你又對媽媽做了什麼？」少年一手抱著弟弟，一手按住自己被掐出紅痕的頸子，剛從鬼門關走一遭的他滿臉淚痕地對瑞文質問。

怪異的狀況已經持續了一整天。

這個陌生的男巫忽然帶著他的同伴出現在他們家庭之後，父母親就開始變得陰晴不定、行為古怪，連他們有時候都會變得無法控制自己的行為。

布蘭登窩在哥哥的懷裡，又開始抽泣出聲。他覺得這一切都是他的錯，男巫敲他們家的門時，他沒有聽哥哥的話就開了門，只因為男巫看起來非常友善，而且他的朋友受傷了——然而看看現在他們的家變成了什麼樣子。

孩子在哭，女人也在哭，臥室裡的哭聲讓瑞文不耐煩了。

「別哭了！為什麼今天每個人都這麼愛哭呢？」男巫吼了聲，臥房在一瞬間沒了任何光源，一片漆黑之中，擺在架子上的書本和照片轟然一聲全數掉落。

孩子們驚恐地尖叫出聲，站在臥室中央的男巫神情異常嚴厲，黑髮微微地飄浮著，鮮紅色的瞳孔閃爍著詭異的光芒。

「安靜！」

他們一瞬間全噤了聲，沒人知道男巫下一步會做什麼。

瑞文瞪著抱在一起的兩個孩子，他緩緩地走向他們，蹲下身來，伸出拇指用力地按上了兄弟倆的臉頰，並且一一抹去上面的淚水。

男巫施的力道讓兩個孩子多少感覺到了疼痛。

「別哭，開心點，別惹我生氣好嗎？」短短的幾秒內，面色冷酷的瑞文忽然又露出微笑，光線同時重新返回臥室，雖然還是陰鬱灰暗，但比起剛才的完全黑暗好多了。

少年和男孩凝視著男巫，男巫臉上的笑容像是他剛才完全沒有動怒似的，他堆滿笑容地開了新的話題：「我覺得今天是個吃鬆餅的好時機，你們想不想吃點鬆餅啊？」

「我們不想吃鬆餅！離開我們的家！」少年護在他弟弟身前。

瑞文歪著腦袋，沒有被少年的語氣和動作冒犯，他反而笑了起來，然後對一旁跪坐著的女人命令道：「媽咪，現在去廚房，替我們煎像山一樣多的美味鬆餅！」

瑞文隨意地動了動手指，像指揮一樣，女人在他的命令之下僵硬地轉過身體，走出臥室向廚房前進。

「你是個很棒的哥哥，你會保護自己的弟弟。」瑞文對著少年說，他拍拍對方的腦袋，「你值得獎勵，像是幫你媽咪做幾片好吃的鬆餅。」

「別碰——」

在少年伸手打開瑞文的手之前，瑞文又發出了「噓！噓！」兩聲，他用平緩而低沉的語氣說道：「現在站起來，跟著你媽咪去廚房，去幫媽咪的忙。」

少年的身體一震，丟下了他的小弟站起身，全身僵硬地和母親一同走出房間。

布蘭登看著走出房門的母親與哥哥，哽咽著不敢出聲，雖然他眼淚還是不停地往下掉。他渾身顫抖地望著眼前的男巫。

「喔，別哭了，柯羅——」

瑞文總是叫錯他的名字。

「來吧！我們準備去吃點鬆餅。」瑞文笑露了一口牙，看起來一副人畜無害的模樣。他拉起坐在地上的布蘭登，將他抱起後帶往廚房。「媽咪煎的鬆餅最好吃了，不是嗎？」

布蘭登任瑞文抱在懷裡，全身僵硬不敢動彈。自從瑞文出現之後，他對他一直都很好，他從不曾像操縱他父母及他兄長那樣地操縱他，只是每當瑞文用那雙鮮紅色的瞳眸望著他，都還是讓他恐懼得腦門發麻。

如果當初他沒有開門，家裡是不是就不會變成現在這樣了？男孩窩在男巫的懷裡，腦海裡不斷地想著這件事情。

電視上在報著晨間即時新聞，內容似乎是在講某個小鎮上發生的事件，和獵巫人與獵殺男巫有關的事情。

布蘭登茫然地坐在沙發上看著電視，他還太小，很多新聞的內容他根本看不懂。瑞文就坐在他身旁和他一起看著電視，時不時還會發出輕笑聲，然後撫摸自己的頸子。

瑞文的頸子上有很明顯的燒傷，布蘭登不知道那些燒傷是哪來的，但那看起來很痛，至少曾經非常地痛。

——砰、砰、砰！

角落裡傳來的碰撞聲讓布蘭登不得不轉移注意力，趁著瑞文正專心地看著新聞，他悄悄往牆角望去。他的父親正背對著他們站在角落裡，不停地用額頭輕輕撞擊著牆壁。

父親已經在那裡站了一整個晚上。整夜，他都面對著牆角，不停地用額頭輕輕撞擊著牆壁。他的襯衫已經汗濕，褲子同樣被浸濕了。

布蘭登緊張地看著一直重複著同樣動作的父親，但瑞文似乎覺得沒什麼異狀。

「這是在搞什麼？」一道聲音忽然從他們後方響起。

布蘭登往後看去，有著一頭紅色長髮的男巫不知道什麼時候站在了他們的後方。他正背對著他們面向廚房，光裸著上半身的他整個手臂都纏著厚厚的繃帶。

「朱諾，你醒啦！」瑞文招手打了聲招呼。

「我們這是要舉辦萬人派對嗎？」朱諾沒有理會瑞文，指著廚房。

屋裡現在滿滿的都是鬆餅和咖啡的香味，布蘭登的母親和哥哥正在廚房裡煎著鬆餅，一疊又一疊的，鬆餅已經堆疊成了好幾座小山，多到一家人都吃不完的分量，但他們依然不停地煎著鬆餅，像機器人一樣。

往常的布蘭登要是看到這麼多鬆餅，鐵定會高興到無法自已，但他現在看著機械性動作著的母親和兄長，以及他們兩人臉上那僵硬的笑容，心裡只有恐懼。

「我喜歡鬆餅，今天是個適合吃鬆餅的好日子。」瑞文說，他拍拍布蘭登的腦袋。「他也喜歡。」

朱諾一臉受不了似地搖了搖頭，他隨手抓了片鬆餅撕了就往嘴裡塞，然後才慢吞吞地挪動步伐走向瑞文。他往沙發上一坐，和瑞文一起將小男孩夾在中間。

「那傢伙又是怎麼回事？」朱諾看著站在角落、不斷重複著詭異動作的男人，他瞇起眼：「等等，那傢伙是幫我把傷口止血和縫線的人嗎？」

「對，那是他的爸爸，海德先生，他是我所能為你找到最棒的醫生。」瑞文按著布蘭登的腦袋說。

朱諾一臉懷疑地瞇起眼睛，他看向被他們夾在中間的小男孩，質問他：

「你爸真的是整個靈郡裡最好的醫生嗎？」

布蘭登結巴著回答：「爸、爸爸是最好的獸醫——」

「去你的！瑞文！」朱諾把吃了一半的鬆餅丟在瑞文臉上。

瑞文大笑，似乎不是很介意臉上被丟了塊鬆餅：「有差嗎？反正海德先生確實是救了你一命。」

朱諾翻了大白眼，「你那個巫術真的差點殺死我了。」他按著自己包裹著繃帶的手臂，臉上露出了不適的神情。

當初瑞文要求他獻出大量的鮮血還真不是在開玩笑。想起匕首劃過手臂、鮮血噴濺的畫面，朱諾到現在都還覺得自己能活著根本是奇蹟。

「但是很值得，不是嗎？」瑞文意有所指地說：「我希望你昏迷過去的這段時間有好好玩得夠本。」

布蘭登不清楚兩位男巫究竟在講什麼事情，他只是忍不住好奇地盯著朱諾的腹部看。朱諾的腹部上有個圓圓的巨大刺青，上面寫著奇怪的文字，布蘭登看不懂。

「我不得不說，確實是滿值得的，我都可以想像榭汀氣得吹鬍子瞪眼的模樣了。」朱諾笑咧了嘴，對著瑞文說：「你想不想知道我在昏迷期間都做了什麼事呢？」

「當然，快告訴我！」

「可以是可以，但在那之前——」

砰、砰、砰！

「你可以先讓獸醫先生停止他現在的行為嗎？」朱諾一臉不解地看著海德先生。「到底為什麼要一直讓他在角落撞牆壁？」

瑞文聳了聳肩。

「因為我不知道父親有什麼用途。」

「什麼？」

「媽咪負責處理家中的大小事，哥哥負責照顧弟弟，弟弟負責玩樂——」

瑞文意有所指地摸摸布蘭登的腦袋，對他微笑，然後又看向角落撞著牆的海德先生：「我又沒有父親，不知道他們到底長什麼樣子，又或者他們在家庭裡應該扮演什麼樣的角色。」

「所以他幫我治療完之後你就讓他一直在角落撞牆？」

「嗯哼。」

「你真的很有病耶，瑞文。」

「不然你說說看，父親在一個家庭裡應該做些什麼樣的事？」

「我……」朱諾還真的沒有概念。一個巫族的家庭裡很少有父親這個角色的存在，母親通常包辦了一切的事情。「你至少讓他一起去做鬆餅吧？」

雖然廚房裡早就已經堆滿鬆餅海了。

「我不想──」

他們交談到一半，門鈴忽然響了。

瑞文和朱諾互看了一眼，又看向被他們夾在中間的布蘭登，用眼神詢問現在站在門口按門鈴的可能會是誰。但布蘭登只是睜著一雙大眼，茫然地搖了搖頭。

兩位男巫聳聳肩，他們沒人能去應門——好吧，也不是不能去應門，只是如果他們其中之一去應門了，可能就必須處理掉來按電鈴的傢伙。

瑞文是不介意，但朱諾嫌麻煩。

「別搞出大動靜好嗎？如果被我兄弟發現了我在哪裡，他可能會來把我壓回家，請至少等我養好傷有力氣對抗他為止。」朱諾說。

「好吧。」瑞文轉頭看向站在角落的男人——至少他現在知道這位父親能做什麼事了。

「噓！噓！」瑞文又發出了噓聲，他對著角落的海德先生說：「爸爸，你可以不用撞牆了，現在轉過身來面對我。」

海德先生終於停止了強迫症般的行為，他轉過身來，額頭已經撞成了一片深紅色。汗水、淚水和鼻水爬了他整張臉，但他依舊揚著嘴角微笑，他控制不住自己。

「現在，把你的臉擦一擦，整理好自己。」瑞文說。

此刻海德先生的腦袋裡其實只想著要拔腿狂奔，跑出去外面求救，但每當男巫用低沉的聲音命令他，他的身體就會不由自主地按照著對方的指令行動。

海德先生手腳僵硬地用毛巾擦乾淨自己的臉，還拿了件乾淨的大衣罩在他開始散發著難聞氣味的衣服上。

期間，門鈴聲依然努力不懈地響著。

海德先生在整理好自己後，面向操控著他的男巫，他看到他的小兒子被挾持在兩位男巫中間，驚恐不已。

「沒有問題嗎？」朱諾看著滿身大汗又搖搖晃晃的男人。

「別擔心。」瑞文靠在沙發上，一手還在布蘭登的腦袋上摸著，他看著海德先生，眼珠又閃爍著詭麗的光芒，「爸爸，去看看是誰在外面，記得小心對話，不能透露出任何我們在這裡的訊息。你的日子就和往常一樣，我們不曾出現過。」

聞言，海德先生的腳開始不由自主地行走著。

「爸爸——」布蘭登喊了一聲想跟上去。

「不，你待著，讓爸爸去處理，身為一家之主總該要有點用處。」瑞文制止了唯一沒被控制的男孩。他搭著男孩的肩膀，彷彿他們是最好的死黨似的。「要不要看卡通？我們可以一起看卡通——」

海德先生沒聽到小兒子回答了什麼，他已經站到門口，並且在急促的門鈴聲下，終於將門開了一條小縫。

「午安，先生。」意外地，門外竟然站著兩位警察。

海德先生就像看到了救星一樣。

救我！快救我們！他在腦子裡拚命地朝對方嘶吼著，然而他說出口的話卻是：「午安，請問有什麼事嗎？」他的聲音聽起來安詳又隨和，嘴角瘆疼地掛著微笑。

「是這樣的，這附近發生了一場奇怪的火災——」警察先生話說到一半，他看著海德先生額頭上的紅痕和汗水，忍不住詢問：「您還好嗎？您看起來不太舒服。」

不好！非常不好！快救救我們！

海德先生試著控制自己的表情求助，但嘴角的肌肉只是僵硬地卡在完美的微笑弧度上，他說：「天氣變涼，我只是有點感冒發燒了。」

警察先生瞇眼看著他，最後微笑：「那好，我們問幾個問題很快就走，不打擾您太久。」

不！不！不！

「您知道住在街底的梅里夫婦嗎？事情就發生在這兩天而已，他們莫名地燒掉了房子——還有他們自己。」警察先生無奈地問：「我們正在調查他們的動機，不知道您有沒有什麼線索可以提供給我們呢？」他們已經為了這個案子拜訪了整個街區，沒人知道生活幸福美滿、家境富裕又沒欠債的梅里夫婦為什麼忽然間自焚。

有傳聞說這對夫婦跑去觀看了教廷的異端審判後就開始變得不對勁了，但那也只是傳聞而已。看到男巫在審判現場被炸得血肉模糊而受到心靈創傷的大有人在，但可沒人如這對夫婦般偏激地自焚而亡。

海德先生的眼眶裡開始凝聚淚水，他的臉不自覺地抽搐著，他知道是誰迫使那對夫妻做出了這種事。

是屋裡的那群男巫！是他們幹的！

海德先生在腦海裡激烈地嘶吼著，但他說出的話卻相對地輕描淡寫：「真是讓人遺憾的消息，可惜我們和他們家沒有太多深交，我不清楚發生了什麼事。最近天氣變化很大，會不會是憂鬱症之類的病狀忽然發作？」

「可是他們都沒有相關病史。」警察先生們互看了一眼，那眼神像是在說這次造訪大概又是徒勞無功。

不！他們就在屋子裡！拜託！進去查看！

海德先生開始流起了淚水和鼻水，他用盡了所有的力氣想擠出一點暗示給警察們。

然而——

「抱歉，我覺得我又開始發燒頭暈了，我想我應該回房裡躺著。」海德先生僵硬地用袖子擦掉了臉上的鼻水和淚水。

警察先生們看著他，一臉憐憫的模樣。

「好的，一早打擾您真是不好意思，請多保重。」警察們最後只是頷首示意，然後頭也不回地離開了。

海德先生看著他們的背影，既發不出任何聲音，也無法邁出一點步伐，他只是絕望地關上了他們家的大門。

CHAPTER 2

求助

「這是個裝醃黃瓜的玻璃罐！」約書正在對站在他面前的鷹派教士發火。他的桌上放著一個玻璃罐，只是玻璃罐裡裝的不是醃黃瓜，而是一堆血肉模糊的肉塊，可能還參雜著幾根手指。

如果不是萬聖節早就過了，約書還以為這是什麼萬聖節的惡劣玩笑。

「一、個、醃、黃、瓜、罐！」

「現在是早上七點，我們已經按照您的吩咐，加班盡快地蒐集了男巫的屍體殘骸，請問還有什麼問題嗎？」兩位從教廷來的鷹派教士互看了眼，接著一臉無所謂地望向約書。

雖然早有耳聞教廷的教士們行政效率拖沓緩慢，態度又高傲，但當約書要求他們盡快整理林區的遺體時，他可沒料到最後送到他桌上的會是一罐醃黃瓜用的玻璃罐。

「還有什麼問題？你竟然還問我——」

一早七點就上班的又不是只有你們！約書深吸了口氣，把話硬是吞了回去。

他頭疼地用手掌按住額頭。站在他眼前的兩位鷹派教士雖然位階比他低，但都是來自教廷、年紀又比他還大的資深教士，他不能像對待學弟一樣地對他們。

最後約書只能無奈地揮了揮手：「沒事了，你們可以離開了。」

兩位教士互看一眼，什麼也沒說地轉頭離去，留下約書一個人對著桌上的玻璃罐生悶氣。

「你的模樣像是吃不到糖的五歲小孩。」伊甸不知道什麼時候從後方走了出來，他對著雙手環胸瞪著桌上玻璃罐的約書說。

「你才像四歲小孩！」

「你現在看起來像三歲小孩了。」

「那你就像兩歲小孩！」

伊甸嘆息，決定不和一歲小孩繼續爭執。他輕輕拍手，辦公室內那些像超巨大貪食蛇般高聳的黑色鐵櫃開始移動，重新排列組合。

剛剛離開的那些鷹派教士們等一下便會發現，他們怎麼走也走不出這間辦公室。伊甸預計讓他們花上一小時才能走出這個迷宮，希望他們沒有人正在尿急。

「他們竟然把林區像醃黃瓜一樣地塞在玻璃罐裡，你能相信嗎？」約書一臉不可置信地看著伊甸，「他們好歹也弄個骨灰罈！」

「我相信他們已經盡力了。」

「這叫盡力？這一罐裡面大概只剩下十六分之一的林區！」約書搖著那罐「肉醬」。

「你能怪他們嗎？你自己也看到了林區是怎麼炸開來的，他的肉屑可能現在都還卡在審判庭地板的縫隙裡。」伊甸聳肩，他盯著約書手上十六分之一的林區，伸手接過玻璃罐。

「我以為我們休戰了。」約書因為伊甸沒有站在他這邊而不高興地瞇起眼。

「我們是休戰了，不然我會幫你做現在這件事嗎？」伊甸帶著玻璃罐回到自己的工作檯旁，他拿出一些工具，一隻只有眼睛和嘴巴的巫毒娃娃，還有一根裝著一條白色小蛇的試管。

約書不說話，他看著伊甸戴上手套和口罩，並且小心翼翼地轉開了那瓶裝著林區遺體的玻璃罐。

一股血腥的氣味蔓延開來，連約書都忍不住遮掩口鼻。

「其實也用不著十六分之一這麼多——」伊甸喃喃自語著，他拿起剪刀剪開了巫毒娃娃的腹部，先用鑷子將一塊林區的血肉夾出，塞進巫毒娃娃的腹部內，再將試管內的白色小蛇夾出來，同樣塞入巫毒娃娃的腹部之中，最後用針線重新縫合。

伊甸將巫毒娃娃放置到工作檯上，讓它坐著。

約書向前傾，專注地等著伊甸接下來的動作。

「嘿，林區，醒醒。」伊甸輕聲細語。

桌上的巫毒娃娃動了，它立起身子。

「你可以站起來嗎？」伊甸命令。

它很聽話地站了起來。

「你可以坐下嗎？」他又問，像馴獸師一樣，讓巫毒娃娃不停地重複他的每個指令。

巫毒娃娃非常配合，甚至在伊甸要求它跳舞時，還額外加贈了一個後空翻。

「炫耀。」約書挑眉表示不以為然。

然而，當伊甸沉聲命令，「你可以告訴我，在你背後操弄一切的人究竟是誰嗎？」巫毒娃娃卻在瞬間變得僵硬挺直，整個身體震動不已，就像有人正抓著它搖晃一樣。

巫毒娃娃不會說話，但它用它的鈕釦眼瞪著伊甸，毛線嘴不停蠕動著，直到它的嘴開始不自然地拉成直線。明顯的針孔出現在娃娃的嘴旁，它的嘴似乎被透明的線縫住了。

伊甸和約書互看了眼。

巫毒娃娃現在的狀況，就和林區在審判庭上發生的事情一模一樣。

在巫毒娃娃腹部上的毛線開始變成一種古怪的黑色之際，伊甸眼明手快地拿起身旁的空玻璃罐倒扣在巫毒娃娃的身上——沒幾秒，轟的一聲，巫毒娃娃的毛線瞬間向外炸開，藏在巫毒娃娃腹部內的血肉也全數噴濺出來。

伊甸按著玻璃瓶，黑色的粉塵像煙霧一樣瀰漫在玻璃瓶內，並且從縫隙中冒了出來。他等了一會兒才將沾滿血跡的玻璃罐拿開。巫毒娃娃像是被火焰燃燒過似的，毛線全都焦黑捲曲成一團，最後灰飛煙滅，只剩下那條也同樣被染黑的白色小蛇虛弱地爬行出來。

小蛇在桌上扭動著，爬行過的地方留下一條彎彎曲曲的古文字，一種咒語。伊甸沒記錯的話，那些咒語代表的意義是——閉上嘴巴。

小蛇留下字跡後又顫抖了幾下，最後萎縮消失。

「如何？」約書問。

「確定了，就和我們猜的一樣，林區確實被其他人下了巫術。」伊甸用手掌輕輕抹過桌上的黑色咒文，咒語糊開，然後消失不見，「這是一種迫使人守密的巫術，有人和林區約定好了，不能說出任何一點關於他的資訊，否則下場就是——」

「成為玻璃罐裡的醃黃瓜？」

「是的。」

伊甸將裝著十六分之一林區的玻璃罐重新蓋上。

「這本來應該只是一個無傷大雅的小巫術。」他說：「我知道曾經有人因為違反約定，而被這個巫術下咒縫上嘴皮整整一年，但可從沒聽過有人當場炸開的。」

「林區的交換條件是獲得一隻高階使魔，報酬這麼高，或許這就是他必須付出的代價。」約書說。

「除此之外，要辦到這種事，對方的巫力要有一定程度，絕對不會是剛成年的巫族。」伊甸補充。

「這事實在太不對勁了。」約書捏著下巴，他盯著桌上一疊又一疊厚厚的文件。最近的案件量越來越多，每天都有稀奇古怪的事情從民間呈報到教廷，再從教廷那裡呈報過來。

當然，其中幾件案子大概都只是些迷信或烏龍事件，像某個小鎮呈報說什麼天空出現了幽浮，約書認為那應該不算是教廷需要負責任的範圍……

不過還是有這麼幾件案子懸在他心頭上。

「最近的案子都很奇怪，從雪松鎮的憂鬱林巨人案開始，到林區的事件，還有寂眠谷的案子，你不覺得這一切背後像是有什麼人在搞鬼嗎？」約書翻著桌上的卷宗資料，這幾個案件雖然暫時結案了，但都還有等待調查的地方。

雪松鎮的案件甚至還牽扯到從前的白鴉樹謀殺案，等著他們重啟調查——

「為什麼這麼想？」

「直覺。」約書聳肩。

約書的直覺向來很準，就像他每次都能憑直覺抓到丹鹿浮報公款一樣。

「事實上，我也認為這個巫術和發生在寂眠谷的巫術有某種程度的相似性。」伊甸看過萊特的報告，施展在寂眠谷的巫術所遺留下的痕跡，和施展在林區身上的巫術所遺留下的痕跡相仿，如同黑霧、黑影一般，纏繞進人體內。

「你不認為這很有可能——」

「我們不能光憑你的直覺就斷定這些案子真的有所關聯。流連在外的男巫很多，我們不能確定所有案子都是同一個人幹的。」伊甸強調，「你更不可能告訴你父親，你是憑直覺判斷這整件事的。」

「我知道，但是……我還能怎麼辦？」約書嘆了口氣，他用手指緊緊捏著眉心。伊甸難得看到他那張面無表情、彷彿沒有靈魂的臉上露出了一絲絲的困擾。「我們總是必須要給大主教那邊一點交代。」

「別急，我們會想出辦法的，我們只需要找出更多線索。」伊甸說。

「但這也意味著——」

叮的一聲，約書厭世地看向自己的平板電腦。

又有幾件新的案子呈報上來。小鎮上的羊群神祕消失、有人說在庭院裡看到了哥布林、一對夫婦毫無理由地在家裡自焚……

「我們需要加更多的班了。」約書抹著臉，伊甸幾乎聽見了他的靈魂正在做孟克式的吶喊，雖然從他表情上看不太出來。

「冷靜點，別忘了我們還有很多小幫手。」

「說到小幫手——」約書抬起頭來看了眼時間，「不知道萊特他們處理完丹鹿的問題沒？」

雖然現在的時間還很早，但自從萊特他們報告要去苦惱河小鎮一趟之後，幾乎已經一整天沒有回報任何訊息了。

約書正打算拿出手機和失聯了一整天的萊特一行人聯絡，他們面前的鐵櫃門忽然自己打開來，卡麥兒就這麼急急忙忙地衝了進來。

「大學長！」

「我說過多少次不要這樣隨便闖進我的辦公室了！要是我人正在偷懶或逛網拍怎麼辦？」約書拍桌。

「也許你本來就不該逛網拍和偷懶？」伊甸搖頭。

「閉嘴！伊甸，我們說好了休戰的！」

「大學長！你們別吵，先聽我說——」卡麥兒抬起雙手，打斷了約書和伊甸的你來我往，她的臉色看起來相當凝重。

此刻約書的直覺告訴自己，他應該要遮住自己的雙耳，像那些八點檔女主角般任性地甩著頭喊道：我不要聽！我不要聽！

但很遺憾的，他並不是任性的八點檔女主角，只是一名社畜而已。

「萊特他們剛剛回來了，只是鹿學長看起來怪怪的，還有——他們帶回了一具屍體。」小仙女不出所料地帶來了壞消息。「你們最好快點過來看看。」

榭汀的臉色看起來像是想往每個人臉上都揍一拳，尤其是丹鹿的臉。

「快放開我！你們到底在幹嘛？」丹鹿身上纏著麻繩，正在滿地打滾。

「冷靜點，鹿學長。」萊特試圖安撫丹鹿。

「我很冷靜！你們莫名其妙把我綁起來幹嘛？是這個傢伙指使你們這麼做的嗎？」丹鹿看向榭汀。

「『這個傢伙』？你竟然用『這個傢伙』稱呼我？」榭汀咬牙，他看上去真的要往丹鹿臉上揍一拳了。

「你也冷靜點，榭汀。」萊特也試圖安撫貓先生。

「冷靜？你再叫我們冷靜的話，我就要一拳打在你臉上了！」

所以榭汀果真是想一拳打在他們所有人臉上。萊特夾在榭汀和丹鹿中間，左右為難，似乎沒有人聽進去他說的任何話。

另外一邊的柯羅正拖著一袋用白布裹著的重物，努力地想將那團重物從大廳裡的骨董時鐘櫃裡拖出來：「吵死了！你們可不可以閉嘴，然後快點來幫我的忙？」

回應柯羅的只有兩聲輕笑。

柯羅惡狠狠地給了事不關己、站在一旁觀看整場混亂的絲蘭一個眼刀。

絲蘭正拄著手杖看著眼前的好戲。

當他將萊特他們從苦惱河小鎮轉移回來時，兩位教士和兩位男巫都不知為何穿著像老爺爺般很醜的便服，身上還浸飽著血水和雨水；除此之外，他們臉上的表情都像在上演一場狗血的苦情八點檔愛情大戲。

榭汀大概是被傷透心的男主角，萊特是善良體貼的女主角，丹鹿則是那個偷吃的壞心女配角，而柯羅——柯羅大概是準備領便當的路人。絲蘭心想，他一方面被這個想法娛樂到了，一方面又被這個想法噁心到了。他忍不住思考，自己真的不該再閒著沒事陪卡麥兒追那些毫無營養的肥皂劇了。

「你們看起來真是糟透了。」絲蘭勾起嘴角，完全沒有要幫助柯羅的意思，這算是對他們一早就打擾他的一點小報復。

——時間回到大約一個多小時前。

絲蘭在宅邸內難得一覺好眠，結果一通電話打來完全擾亂了他的清夢。

當絲蘭拉下眼罩，看到來電者是萊特．蕭伍德時，他第一個反應就是選擇掛掉電話，然後關機。只是他才躺回去沒幾秒，房門就被急促的敲門聲敲響了。

「絲蘭先生！醒醒！學弟們需要我們的幫忙。」

絲蘭嘆了口氣，他早該料到那個厚顏無恥的金髮教士會再藉由卡麥兒的手聯絡他。

「你再不醒來我就要闖進去了！」小仙女教士邊說邊闖了進來。

絲蘭連吐槽都懶，他只是在卡麥兒掀開他的睡簾之前將自己變成符合他現在年紀的身形及體態。

「快醒醒，學弟的語氣很急，可能是出了什麼問題。」卡麥兒穿著睡衣一路爬上他的床，幾乎就要直接站到他的身上了。

在絲蘭活了這麼長久的年歲之中，不是沒有人爬上他的床過，只是他從沒見過一個女人能這麼不性感地爬上他的床。

「還不到上班時間，我在睡美容覺，妳叫他們等。」絲蘭想把卡麥兒抖下床去，但小仙女教士就像隻無尾熊一樣地纏著他，很煩人。

「不能等啦！而且你看起來已經夠英俊夠年輕了，不需要美容——」卡麥兒話說到一半，盯著絲蘭。

「幹嘛？」絲蘭皺著眉。

「好像有點太年輕了。」卡麥兒伸手碰了碰絲蘭的頭髮和臉。

絲蘭深吸了口氣，他摸了摸自己的臉，似乎真的有點太過光滑。他發現自己最近在控制外型和年紀這方面上越來越沒以前這麼得心應手了。

他將卡麥兒從他身上拉開，不願意讓對方更靠近點觀察他。

「很可疑喔——」卡麥兒卻瞇起了眼，一邊揉著他的臉一邊責問他：「絲蘭先生最近是不是偷用了我放在浴室裡的面膜？」

好在卡麥兒向來都是個傻大姐。

「我才不會做這種事。」絲蘭翻了翻白眼。

「唉！先不說這些，學弟的事要緊。他在電話裡還說你欠了他一個人情，所以一定要幫他……你到底讓學弟幫你做了什麼事？為什麼會欠他人情？」

絲蘭都忘了這件事。

——如果日後你遇上困難，你可以向狼蛛男巫提出一項請求，我會幫助你。

在哭嚎山峰上他確實曾經答應過萊特，只是沒料到這張支票這麼快就被兌現。

絲蘭注視著著急的小仙女，嘆息，最後還是妥協了：「說吧，萊特那傢伙想要幹什麼？」

「他們說事情緊急，需要絲蘭先生你開個入口，立刻將他們從苦惱河小鎮轉送回來。」卡麥兒說。

「什麼？他們是想把堂堂的狼蛛男巫當成 Uber 司機嗎？」

「我覺得比較像哆啦◯夢耶，你知道任意門嗎……」

「什麼？」

——然後時間回到現在。

這就是萊特他們把堂堂狼蛛男巫當成Uber司機……或是什麼哆啦○夢的報應。絲蘭看著眼前一團亂的萊特一行人心想。

「閉上你的嘴，絲蘭！事情已經夠糟了，不需要你在旁邊指手劃腳！」柯羅沒好氣地瞪著絲蘭。幾分鐘都過去了，他還在試圖把那袋重物拖出骨董時鐘櫃。「你就不能把入口做得大一點嗎？」

「當然可以。」絲蘭微笑，他敲了一下手杖，原先窄小的時鐘櫃忽然加大了一吋，而正在施力的柯羅就這麼往後仰，和包裹著白布的重物一起向後跌坐在地上。

柯羅摔得四腳朝天，白布裡的重物則是滾了出來。

沾滿泥巴、腹部中彈、已經全身冰冷僵硬的男巫屍體癱軟在地上，就趴在柯羅身邊。

柯羅手忙腳亂地往後退去，萊特及時伸手一把將他從地上拉起來，還試圖要抱抱他安慰他，但柯羅一拳揍到了對方的腹部上。

絲蘭挑眉，他走向地上的屍體，然後用手杖翻過地上的屍體。

「夢蜥家的里茲？你們殺了他嗎？」

「我們沒有。」萊特急忙搖頭否認。

「我上次見到他不知道是多久以前的事了。他是個酒鬼，我本來還以為他的死因會是肝硬化，沒想到最後卻被你們謀殺了。是誰指使你們的？蘿絲瑪麗嗎？我聽說過他們兩個曾經……」

「閉嘴！絲蘭，就說了我們沒有殺他！」榭汀很不客氣地吼著。地上的丹鹿像條毛毛蟲一樣蠕動，打算逃離榭汀身邊。

「這整件事說來話長，很難解釋——」萊特說。

「很難解釋也得解釋。」一道聲音打斷了所有人的對話。

約書和伊甸出現。他們倆雙手環胸，困惑地看著地上的屍體，一身狼狽的萊特一行人，以及用毛毛蟲姿態爬向他們的丹鹿——

「大學長！快幫我！萊特他們被那個藍髮男巫控制住了，朱諾還不知道為什麼失蹤了，他們沒人聽我的話！」

「朱諾？」

約書和伊甸互看了眼，又看向腳下胡言亂語的丹鹿。約書大大地嘆了口氣。

「現在你們誰要跟我說說看這一切到底是怎麼回事？」

「事情好端端的，怎麼會演變成這樣？」

約書用手指捏著眉心，他隨身攜帶的手機和平板還在登登登地響著，郵件和工作不斷地傳進來；除此之外，被綁在椅子上的丹鹿正在不停掙扎，並且發出很吵鬧的聲音。

「放開我！這到底是為了什麼？大學長？」丹鹿試著想解開束縛，但他正被一種奇怪的藍色藤蔓牢牢地捆綁在椅子上。「你也被控制了嗎？還是你還在記恨我們上次出任務的時候朱諾選了太貴的飯店？」

「不，你現在太危險了，不能放開你。還有，我沒有被控制，你才被控制了。」約書只否認了前者。

一群人正站榭汀的溫室裡，團團圍在丹鹿的面前，像觀察解剖青蛙似地觀察著他，其中包含了被絲蘭緊急「請」過來的蘿絲瑪麗。

「鹿學長怎麼樣了？」萊特焦急地站在蘿絲瑪麗身旁詢問。

蘿絲瑪麗忽視了萊特的問題，她不斷扳著丹鹿的腦袋左右檢查，而榭汀只是站在一旁，神情凝重。

「小矮妖，說說看，我是誰？」蘿絲瑪麗問。

「蘿絲瑪麗奶奶——不要再跟他們一起開我玩笑了。」丹鹿沒好氣地看著蘿絲瑪麗，然後他又問：「朱諾呢？」

「我怎麼會知道那小王八蛋在哪裡？」

「她是您的孫子，奶奶，用小王八蛋叫自己的孫子太過分了吧？」

蘿絲瑪麗皺起眉頭，榭汀則是惱怒地說道：「看，從他昏倒醒來之後就一直在找那傢伙，而且他的記憶出現了錯置，似乎把朱諾認成了是我。」

蘿絲瑪麗抬手要榭汀先安靜。她指著自己真正的孫子，再問丹鹿：「那麼你認為這是誰？」

丹鹿望著榭汀，他瞇起眼，滿臉困惑：「我、我真的不知道！」他的記憶裡喚不出這個人的名字。

「這真有意思，他就像是被洗腦了一樣。」蘿絲瑪麗伸手捏了捏丹鹿的耳垂，原本因為戴耳釘而出現的耳洞已經癒合，這表示他們本來抑制住的蠍毒又全部跑回了丹鹿體內。

「慢著，你們的意思是我的教士腦袋壞了嗎？」約書皺起眉頭，這是他現在最不想聽到的消息。

「我的腦袋沒壞！」丹鹿反駁。

「那你再說說看你的搭檔是誰？」

丹鹿不悅地看著質問他的大學長。他的腦袋或許有點脹痛，一夜沒睡也讓他思緒混亂，但他很清楚他自己的搭擋是誰——

「是朱諾！」

丹鹿的話一出，榭汀的臉都冷了。

「這真是太有趣了，麥子，我就跟妳說了這比八點檔還好看吧？現在快去幫我準備點爆米花。」絲蘭在一旁看著好戲，幾乎都快憋不住笑意了。

「閉嘴！絲蘭先生。」

約書瞪了眼發出窸窣聲響的絲蘭和卡麥兒，確定他們安靜下來，才又問丹鹿：「你確定？」

「確定！」

丹鹿無法理解為什麼大家要一直追問他這麼理所當然的問題。他和朱諾的回憶歷歷在目，像是當初抽籤時他的骨針是怎麼黏在針蠍的雕像上，或是他們初次見面時朱諾是怎麼調侃他的，還有他們在雪松鎮上的所有經歷，以及如何一起從巫魔會上脫逃……

「萊特、柯羅！說說話啊！難不成你們都忘了朱諾？」丹鹿看向萊特和柯羅。

「是沒忘，但、但是我記憶裡的朱諾和你記憶裡的朱諾好像有點出入。」

萊特一臉為難。

「我從來都沒有想要記住那個垃圾的意思過。」柯羅則是說。

約書搖搖頭，他又問：「那你再說說看，在巫魔會上咬了你一口的人是誰？」

「是——」

約書的問題忽然讓丹鹿愣住了。他的記憶在這裡開始出現了模糊，他記得有人在巫魔會上咬了他一口，卻想不起那個人的面容。就算他再如何努力地回想，對方的模樣就像被抹糊的油畫一樣。

一股尖銳的刺痛忽然在丹鹿的太陽穴不斷跳躍著，讓他疼痛難耐。

蘿絲瑪麗和榭汀互看了眼，他們都注意到了丹鹿的臉色在瞬間變得蒼白，如同水蛭一般的黑色蠍毒又重新開始在丹鹿肌膚底下竄動。

「鹿鹿？」榭汀伸手準備輕輕放在丹鹿肩上，丹鹿卻做了個閃躲的動作。

「別……先別碰我，我覺得我快吐了。」

榭汀收回手沒說話。

蘿絲瑪麗看了眼她的孫子，又看向臉色很差的丹鹿，她隨手掏出了一朵藍色花瓣，要丹鹿吃下去。

「含著這個，你會好過一點。」

「什麼？可、可是這不是——」

丹鹿認得那種花瓣，只是在他抗議之前，蘿絲瑪麗逕自將花瓣塞進了他嘴裡。

在丹鹿品嘗到嘴裡一股酸澀的味道、並完全失去意識之前，他嘴裡還不停地發出細小的抗議聲：「你不知道這樣含著人家很沒有禮貌嗎？你爸媽都沒有教你嗎？根據藍天鵝花民法規第三千條二項三款之四——」

所有人看著丹鹿在他們面前斷線，而他嘴裡的藍天鵝花瓣還在喊著要找律師。

「這太神奇了！我想要幾朵這個東西！」一陣沉默後，萊特發出了很不妥當的聲明，不意外地受到了所有人的白眼。

「所以呢？現在到底是什麼狀況，我以為你們去苦惱河小鎮是要解決丹鹿的蠍毒問題？」約書問。

「壞消息，蠍毒不僅沒被除去，還復發了，我們甚至被朱諾那個小王八蛋擺了一道。」蘿絲瑪麗的神色凝重，老人家面露不悅。

「但這是有可能的嗎？除了控制丹鹿之外，還入侵他的腦袋，竄改他的記憶？我以為以朱諾的能力，根本辦不到這件事？」榭汀說。

「我認為有人在幫他。」蘿絲瑪麗說。

「誰？賽勒嗎？」

「這我不能確定，賽勒不像是喜歡玩這些無聊遊戲的孩子，如果真的是他，可能會做得更絕一點。」

看暹貓家的祖孫倆你來我往地討論著，約書臉色凝重地打岔：「針蠍家的事我們晚一點再處理。現在先告訴我，丹鹿能被修理好嗎？」

約書的問題讓眾人陷入一陣沉默，

萊特看向異常嚴肅的大學長，忍不住開口詢問：「如果沒辦法解決呢？」

約書沉默了好幾秒，他看著沉睡中的丹鹿，最後說：「那麼很遺憾的，我必須強制丹鹿提早退休，然後換一個新教士上來。」

CHAPTER

3

竄改

渡鴉站在電線杆上，抖散了身上的雨水。

一隻紫色的蜘蛛從牠身上掉了下來。這隻紫色蜘蛛在苦惱河小鎮就偷偷爬到了牠的身上搭便車，一路搭回了靈郡，還以為牠沒有發現。

被抖出來之後，蜘蛛一路竄逃，但渡鴉沒讓牠有機會逃跑，牠用堅硬的喙戳死蜘蛛，然後扯爛了牠的屍體。

在確認蜘蛛死亡、無法帶回任何訊息給牠的主人後，渡鴉飛離了原地，一路橫跨市區，最後來到了某個普通的郊區。

渡鴉一路飛到其中一間平房的窗臺旁，牠用鳥喙敲了敲玻璃。

沒反應。

牠又再度敲了敲玻璃。

還是沒反應。

渡鴉在窗臺上不耐煩地揮動翅膀，在看到窗戶沒鎖之後，牠決定不等了。抖了抖羽毛，渡鴉伸展翅膀，羽毛逐漸褪去的同時，牠的翅膀也伸展得越開。

就在這時，有人打開了窗戶，渡鴉一個重心不穩地直接跌進了房子裡。

渡鴉摔到地上，變成了一個年輕的男人。

「哈，原來你長這個樣子。」朱諾彎腰看著狼狽地倒在地上、全身赤裸的男人。

男人有一頭淺金色的短髮，一雙蜂蜜色的眼瞳，還長著一張相當稚氣的娃娃臉，只是那張娃娃臉現在看起來不太高興。

「現在看看是誰該穿上衣服了？」朱諾調侃。

「如果你在，為什麼不早點開窗讓我進來？」亞森從地上爬了起來，他因為朱諾明顯打量的視線而紅了耳朵。

「因為我想看看你變成人形的模樣。」朱諾露出一抹得逞的笑，「所以你變回人形果然是裸體嘛！」

「現在你看到了，下次麻煩你早點開窗。」亞森語氣不耐，他並不是這麼喜歡他們的這位新伙伴。

「你為什麼不乾脆變回人形，敲門進來就好？」

「你要我用這個樣子站在門口敲門？」亞森瞪著朱諾。

「有什麼問題嗎？」

亞森翻了個白眼。他打開房間的衣櫃裡隨意地挑起衣服，但發現衣櫃裡的衣服都是中年男人的醜西裝和女人的小禮服之後，他放棄了。

「瑞文在哪裡？」亞森看了眼放在臥房衣櫃上的吉娃娃雕像，他嘆了一口氣，乾脆地把自己變成了一隻吉娃娃。

用人身裸體會不好意思，用動物形態裸體卻不會嗎？朱諾挑眉。

「變形者的能力很有意思，你們能變成任何動物對嗎？魚也可以？」他跟在吉娃娃亞森的屁股後面出了房間。

吉娃娃亞森似乎不想理會他，一路沿著走廊四處尋找瑞文的身影。

「瑞文。」亞森最後在餐廳找到了瑞文。

「亞森！你回來了！」被埋在鬆餅海後的瑞文笑咧了一排牙，他身旁坐著一個滿臉驚恐的小男孩，正在努力地吃下那些數不盡的鬆餅。

一個女人正在一旁不停地邊哼著歌邊煎著鬆餅。她的原料已經用完了，但她仍然重複著同樣的動作。

客廳沙發上則是坐著一個男人和一個小孩，他們正在一邊看著無聊的午間新聞，一邊機械性地哈哈大笑，彷彿在看情境喜劇一般。

亞森知道他們沒一個人是真心在做手上的事。

「要吃鬆餅嗎？」瑞文舉著刀叉。

「不了，我……」亞森搖搖頭，話說到一半，一旁的朱諾卻順手抓了一片鬆餅丟到他臉上，讓他僵硬地縮著尾巴立在原地。

瑞文和朱諾大笑出聲，只有在場的孩子笑不出來。

「這不好笑！」亞森甩掉了頭上的鬆餅，他甩甩皮毛，在一瞬間變成了一頭巨狼，對著朱諾齜牙咧嘴，彷彿下一秒就要衝上去咬斷朱諾的脖子。

「凶巴巴。」朱諾對著亞森咧嘴微笑。

「放輕鬆點，亞森，只是個小玩笑而已。」瑞文伸手揉了揉亞森的腦袋，他看向一旁臉色蒼白的小男孩：「你都嚇到我的小——」

亞森看著停頓的瑞文，還有他身旁黑髮的小男孩，他有些擔心地詢問：

「瑞文？」

「我很好。」瑞文回過神來，才又說：「收起你的牙齒，別嚇到小布蘭登了。」

亞森沒多說什麼，他收起牙齒，把自己的型態縮成了一隻狼犬。

「乖孩子，你出去這一趟有什麼收穫嗎？」瑞文問，他把更多的鬆餅和糖漿疊到布蘭登的盤子上。

「按照你的吩咐，我最近在監視黑萊塔那邊的狀況。」亞森說。

「你有看到榭汀嗎？他最近還好嗎？」朱諾拉了椅子坐到亞森面前，饒有興致地詢問。

亞森皺起了他的狗臉，他看著瑞文繼續說：「就如同你猜測的，我發現他們去了趟苦惱河，想找一個叫里茲的男巫。」

「里茲？夢蜥家的里茲嗎？」朱諾挑眉。

「果然，他們想到了這個人，還有他的寵物。」瑞文說。

「操！我都忘了還有這號人物的存在。」

「朱諾！我們有小孩在場——」瑞文遮住布蘭登的耳朵，嚴肅地說道：

「注意一下你的言行舉止。」

朱諾對瑞文翻了個白眼，繼續說：「悲傷的安東尼，對嗎？那傢伙的寵物——傳說是什麼來著？」

「說個悲傷的故事讓安東尼流淚，

牠可憐你、牠憐憫你、牠的淚水流進了你的眼裡。

說個幽默的笑話讓安東尼收回眼淚，

牠可憐你、牠憐憫你、牠收回了淚水帶走你的汙穢。」

瑞文誦念著傳說。

「對，就是這個。」朱諾大笑：「虧他們能想到那個傢伙和他的寵物。」

「你還笑得出來？悲傷的安東尼是唯一能解除你的蠍毒的解藥，要是被他們找到了，你以為你會有什麼下場。」

「但他們沒找到，是不是？」朱諾看向默默不語的亞森，「不然我現在不會在這裡活蹦亂跳的，更別提我才剛搞亂了一個教士的腦袋。」

「亞森。」瑞文看向亞森，要他繼續說下去。

「我不確定他們怎麼辦到的，但他們確實在苦惱河堵到失蹤了很久的里茲。」亞森說。

「運氣真好。」瑞文也覺得奇怪，里茲並不是這麼好找的一個人，連他都沒辦法輕易地聯繫到這號人物。

「也許沒這麼好。」亞森補充：「因為在他們堵到里茲、並問出他的寵物的下落之前，里茲被獵巫人殺死了。」

「真的？那群獵巫人這麼有膽子？」瑞文笑瞇了眼。

「當然不是因為那群獵巫人有膽。按照你的吩咐，我動了點手腳。」亞森說。

瑞文曾經交代過，要他跟著教廷的那群教士和男巫，如果他們找到了里茲，那麼他必須確保里茲不會透露任何訊息。所以當時他就站在獵巫人的槍口上，跳了一下、兩下，讓獵巫人扣下了扳機。

讓里茲死亡無法說話，是最好的方式。

「你阻止了他們找到悲傷的安東尼！你是我的英雄！」朱諾戲劇性地捧住

胸口喊道，然後在亞森得以抗拒之前，他上前給了乖乖坐在地板上的狼犬一個擁抱，還往他的鼻頭上親了兩下。

「住手！你這個死──」

「不不，不准說髒話，我說了有小朋友在。」瑞文皺眉。即便此時的布蘭登根本沒心思聽男巫究竟在討論些什麼。

亞森閉上嘴巴，他甩了甩皮毛，然後坐得離朱諾更遠了點。

「確定里茲死透了嗎？」瑞文問。

「確定。後來苦惱河小鎮的警察出現接管，直接把里茲裝進了屍袋裡。」亞森很確定里茲的死亡，當時他就站在警車頂上，確認屍袋裡的人已經毫無生息。「後來警察們還把教廷的教士和男巫一起帶走了，他們在警局被扣押了將近一夜，直到蜘蛛出現──」

「蜘蛛？」瑞文瞇起眼，「紫色的蜘蛛是嗎？」

「對，很多的紫色蜘蛛，牠們從下水道裡湧出來，爬進了警局。」亞森回想。

在柯羅他們一行人被警察們扣走之後，他以渡鴉的姿態一路跟進了警局，全程都站在警局的天窗上觀察著後來發生的所有事情。

狼狽的教士和男巫們被關在隔離室內，紅髮教士和藍髮男巫像上演八點檔一樣地爭吵著什麼，完全不理會警察們的盤問。金髮教士則是不斷地和警察吵著他需要打一通電話給某人（後來不知為何他打了兩通）。

然後不過是短短幾分鐘之內發生的事，一堆蜘蛛湧進了警局，幾個人高馬大的警察和他們扣押的犯人們全都站到了桌子或椅子上開始驚聲尖叫，接著——

「如果我沒猜錯的話，是絲蘭吧？是不是一個紫髮的男巫，從很奇怪的地方走了出來？」

「對。」確實是紫髮的男巫，他還從警局的冰箱裡走了出來。

「真是令人懷念，有多久沒見到絲蘭叔叔了呢？不知道他是不是還和以前一樣？」瑞文看向朱諾，朱諾是最近唯一見過絲蘭的人。

「不，他看起來更年輕了。」朱諾說，他把雙腿擺到了餐桌上。

「有趣的訊息。」瑞文微笑，血紅色的瞳眸裡閃爍著某種狡黠的光芒。

朱諾思索著對方的想法。但瑞文只是接著問：「然後呢？」

「紫髮的男巫把他們接走了，包括里茲的屍體。」亞森只追蹤到這裡。

「連屍體一起帶走了是嗎？」瑞文又陷入了一陣沉默之中，他用刀叉玩著盤中的鬆餅，似乎在考量著什麼事情。

「怎麼了？為什麼那副表情？人都死了，死人沒辦法說話，他們是找不到悲傷的安東尼的，那生物本來就是一種如傳說般的存在。」朱諾說。

「朱諾，死人是有辦法說話的。」瑞文看著朱諾。

朱諾挑眉，他想起了黑萊塔裡還有誰的存在，但他只是思考了幾秒就爆笑出聲：「不，不可能，那個瘦弱的小蟾蜍？他連要喚醒普通人的亡魂都已經夠困難了，何況是一名巫族的亡魂。」

「你真是個無可救藥的樂觀主義者，朱諾。」

「你就是喜歡我這點，不是嗎？」朱諾一副不要緊的模樣，他雙手環胸，一副勝利者的姿態：「總之，這次的遊戲是我贏了。就算他們真的想辦法找到了悲傷的安東尼，丹鹿的回憶被我竄改已經是既定的事實，你說他還有救嗎？」

瑞文笑而不語。

「別掃興，瑞文，我覺得我們應該慶祝一下我的勝利。」朱諾說，他往前傾：「說說看，除了在這個家裡當操偶大師，你還有沒有其他玩樂計畫？我們幾個可以一起去搗蛋一下。」

朱諾點名了在場的幾個人。

「喔，不，別。」亞森並不想和朱諾社交。

「當然！你問對人了，我什麼沒有，玩樂的計畫最多。」瑞文笑露了一排白牙。

「太好了。」朱諾看向亞森，他微笑：「路上你還能和我聊聊榭汀那傢伙有多生氣多苦惱，我真是迫不及待要和你增進一下感情了。」

亞森看著朱諾，只是又說了一句：「喔，不，別。」

「什麼？不行！」萊特率先發出抗議：「你是認真的嗎？大學長，你不能讓鹿學長提早退休！沒有他，我們就像是蘋果派裡沒有加肉桂一樣。」

「我討厭肉桂，沒肉桂有差嗎？」

「這不是重點，大學長——」

「重點是，如果你們不能修好丹鹿，我就不能繼續讓他待著。」約書果斷地說。

「但是——」

「你在開玩笑嗎？約書，我不允許這件事發生。」榭汀說話了，他沉著臉，語氣很冷。

萊特第一次看到貓先生這副模樣。雖然他的聲音和表情都沒什麼起伏，但幾乎可以在那冷靜的面容底下看到凶猛翻騰的怒意。

原本纏在丹鹿身上的藍色藤蔓悄悄地從他腳邊開始伸展，然後爬向約書。

「這不是你允不允許的問題，決定權在我身上。」約書雙手抱胸，沒注意到腳下的動靜，他直接了當地告訴榭汀：「丹鹿身上存在著蠍毒，他甚至以為他的搭檔是外面那個愛搗蛋的針蠍。你真的認為以他這個狀況，還能繼續留在教廷嗎？」

「我說他可以留著就可以留著！」

隨著榭汀的怒氣，藍色的藤蔓也變得相當有攻擊性，它們用相當快的速度爬向約書，但在能碰到約書之前，就被那些由伊甸衣袖裡滑出來的銅蛇給咬斷了。

「烏洛波羅斯。」伊甸喊著。

伊甸的銅蛇和榭汀的藤蔓纏繞在一塊，在約書腳邊扭打起來，幾隻銅蛇更是滑到了榭汀面前，威脅似地吐著蛇信。

眾人沉默地看著這一幕。

絲蘭吹了聲口哨，不顧卡麥兒的怒視，他不知道從哪裡拿了一袋爆米花出來，還順便往他的小仙女嘴裡塞了幾顆。

「你、你剛剛是想攻擊我嗎？」約書看上去很驚訝，他緊緊握著拳頭，近乎震怒。「你真是不可理喻！榭汀！我還以為你是男巫裡面最有理智的一個！」

「我也以為你是教士裡最聰明的一個！現在看來萊特都比你聰明了。」

「好了、好了！榭汀，不要激動。」被貓先生點名的萊特急忙拉住對方，把他拉離那些作勢要攻擊的銅蛇。

萊特怎麼也沒料到自己有一天要拉住的人竟然不是柯羅。柯羅正抱著胸口，目瞪口袋地望著眼前這一切，大概也在懷疑自己竟然能難得當一次局外人。

約書搖著頭，瞇起眼對榭汀說：「也許我該連你都停職！讓你去外面當那些無家可歸的流浪男巫。」

「是嗎？我求之不得！」

眼看才靜下幾秒的教士與男巫又要爆出另外一波衝突，在一旁一直靜默不語的蘿絲瑪麗終於說話了。

「知道嗎？這就是我不喜歡一堆血氣方剛的男人的原因。我真希望我當初獲得的是一位孫女，教廷也應該讓女性教士做主。」蘿絲瑪麗優雅地坐在椅子上，一臉鄙夷地看著自己的孫子和約書。

她打了兩聲響指，榭汀的藍色藤蔓表皮忽然長出了大量藍色的花瓣，花瓣越長越多，最後直接吞噬了所有藤蔓，包含陷落在裡面的銅蛇。

在吞噬掉藤蔓和銅蛇之後，花瓣又以極快的速度凋零萎縮，最後消失在地板上。

「你們都太快下結論了。」蘿絲瑪麗說：「你們有從我嘴裡聽到『丹鹿沒救了』嗎？」

一群人面面相覷，然後又看向蘿絲瑪麗。

「我沒說過，對不對？」蘿絲瑪麗聳肩。

「蘿絲瑪麗，妳知道要怎麼處理丹鹿的問題？」榭汀在瞬間冷靜了下來，他推開萊特走向蘿絲瑪麗。

「你以為我是誰？」蘿絲瑪麗挑釁地看著自己的孫子，「我又不是你們這群沒用的傢伙。」

「但是蘿絲瑪麗……丹鹿的記憶被竄改了，這不是解除蠍毒就能解決的問題。」榭汀蹲到了蘿絲瑪麗身邊。

蘿絲瑪麗看著身邊的榭汀，她將手掌放在榭汀臉頰上。「你太在乎你的教士了，你知道嗎？以後柴郡會被你餵養成一隻肥貓的。」

榭汀沒有回應問題，他拍了拍蘿絲瑪麗放在他臉頰上的手：「有辦法解決丹鹿的記憶問題嗎？」

「是的，當然有。這會花上一點工夫，一些瑣碎且繁複的過程，但是沒有問題的。」蘿絲瑪麗說。

榭汀鬆了口氣。

「喔！謝天謝地，終於有好消息了！」約書看起來也鬆了口氣，但他還是有點介意地看著蘿絲瑪麗：「下次早點說好嗎？女士，我差點都要跟妳孫子打起來了。」

「我真好奇誰會贏呢。」蘿絲瑪麗看著約書身後的伊甸，後者只是冷冷地向她回以微笑。

「我們到底該怎麼處理鹿學長腦袋的問題，奶奶？」萊特問，他走過去扶起正在從椅子上往下滑的丹鹿。

「在處理小矮妖的腦袋問題之前，有個前提還是必須要先解決。」

「什麼前提？能協助的我們會盡量協助。」約書說。

「就算我有辦法恢復小矮妖的真實記憶，蠍毒不除，朱諾的威脅還是會繼續存在——所以無論如何，我們都需要一隻悲傷的安東尼。」蘿絲瑪麗此話一出，萊特、柯羅和榭汀同時都嘆了口氣。

「振作點，你們。」只有約書還在狀況外，試圖向他們精神喊話：「悲傷的安東尼是誰？有需要的話我可以請教廷協尋。」

「大學長，安東尼不是人，是夢蜥男巫里茲的寵物。」萊特說。

「那我們找到里茲跟他要不就好了？」

「我們這趟去苦惱河小鎮就是去找里茲。」萊特替約書更新資訊。

「那更好了，人呢？你們找到了嗎？」

約書才剛問出口，一旁的絲蘭忽然噗哧笑出來。

「這有什麼好笑的？」約書瞪著絲蘭，直到伊甸伸手拍了拍他的肩膀。

「我想沒意外的話，里茲應該就躺在那裡。」伊甸指著榭汀工作檯上被白布包裹著的屍體。

約書瞪著那具屍體，只能乾巴巴地回應了一聲：「喔。」

CHAPTER 4

全員到齊

一群教士和男巫女巫們圍在工作檯旁，沉默不語地看著被放置在上頭、已經僵硬的里茲屍體。

「我們差點就問出了悲傷安東尼的下落，就差這麼一點點。」萊特嘆息。

「嗯，他曾經是個相貌端正的英俊男人，不知道什麼時候也開始學人家留起了這麼流裡流氣的鬍子。」蘿絲瑪麗對著里茲臉上花俏的八字鬍做出了評論，然後她繼續說：「過去他追求我的時候，還是個臉蛋光滑、年輕稚氣的青年。你知道，他每晚都會站在我房前的窗口下，然後……」

「身為一個孫子，我不想聽妳的羅曼史，蘿絲瑪麗，我現在只想要一拳打在里茲的臉上，他的八字鬍讓人看了很火大。」榭汀也做出了評論。

「你不能打亡者的臉，這太不禮貌了，榭汀先生。」卡麥兒評論了榭汀的評論。

「我不在乎。」

「你們說獵巫人殺了他？」約書扶著額頭，今天真的是太不順了，他覺得自己需要用聖水過過運。「那些獵巫人呢？」

「可能還在某些地方的穀倉裡？」萊特不確定柴郡那隻大貓究竟把他們丟到哪裡去了。

「我的老天爺，你們就不能把他們集中丟在一個好找的地方嗎？像是……百貨公司之類的？」約書搖頭嘆息，先不論小鎮上是不是發生了獵巫事件，對那種傳統的小鎮來說，居民失蹤比男巫死亡還嚴重。

約書的工作清單上馬上又多了一個待辦事項：尋找所有的穀倉，找出被他的部下們丟包的獵巫人。

而且他有個直覺，他的手機馬上就會——此時，約書的手機開始嗡嗡作響，好幾封訊息都是來自苦惱河小鎮警局。

約書又嘆了口氣。

「先別管獵巫人了，現在最重要的是，我們必須要從這個死人的嘴裡挖出快樂瑪麗安的消息。」榭汀戴上了手套，他左右扳動里茲的腦袋。

「我以為我們要找的是悲傷安東尼，快樂瑪麗安又是誰？」約書沒跟上劇情，他正在用手機回著苦惱河小鎮警局寄來的「問候」，對方要他們趕快派人幫他們一起尋找失蹤的小鎮居民。

「悲傷安東尼的妻子。」萊特替忙碌的大學長補上前情提要。

「變色龍和牠的變色龍妻子嗎？」

約書想像著穿著西裝的變色龍和穿著婚紗的變色龍的盛大婚禮……嗯，不知道有沒有變色龍牧師呢？結婚誓言會是「無論生老病死，我發誓在你的面前我永不變色」嗎？

然後一心二用的約書不小心發了「無論生老病死，我發誓在你的面前我永不變色」的訊息給苦惱河小鎮警局局長。

局長在幾秒後傳了一個害羞加愛心的貼圖過來。

「這個狡猾的傢伙，我就知道他還藏著別隻變色龍。」蘿絲瑪麗哼了一聲。

「聽里茲說，悲傷安東尼是您偷走的，這是真的嗎？」萊特好奇詢問。

「不是偷，我是用借的。」蘿絲瑪麗嚴肅更正：「某天晚上我趁他在熟睡的時候問他願不願意讓我帶走悲傷安東尼，以後當藥材使用，他打盹了一聲表示同意，所以我就光明正大地借走啦。」

「我覺得那好像不是借的定義——」

「所以果然如同傳聞說的，妳和里茲有一腿是嗎？妳看男人的眼光好差，蘿絲瑪麗。」絲蘭插嘴。

「你的教士看男人的眼光才差。」蘿絲瑪麗回嘴。

「為什麼？她看中誰了？」絲蘭一臉困惑地瞪向卡麥兒。

一旁的卡麥兒紅了臉。

「她的眼光真的很差。」蘿絲瑪麗又重申了一遍。

「各位，我們可以不要再鬥嘴還有討論我奶奶的情史了嗎？身為孫子的我覺得很不舒服。」榭汀翻了個白眼，他把手套拆掉。「好消息，子彈只打中了里茲的心臟，沒打中腦子。」

「威廉！我們可以找威廉來，讓他幫我們喚醒里茲對嗎？」萊特彷彿看到了一絲希望。

「對，我們可以試試。」榭汀說，但他依然眉頭深鎖，連蘿絲瑪麗看上去都面色凝重。

「很好，我現在就把威廉和格雷叫過來，這件事我們要盡快處理。」約書盯著自己已經累積了幾百封的未讀訊息，還有苦惱河小鎮警局局長不停傳過來的愛心貼圖——他現在只希望他手下的社畜們都可以盡快回到工作崗位。

「喔，我們現在要加入更多人對付那個針蠍小鬼嗎？我喜歡這項團康活動。」絲蘭笑咧了一口白牙。對他來說，今天是讓人心情愉悅的一天，至少他看了很多好戲。「別費心找人了，讓我來吧？」

只見狼蛛男巫輕輕敲了敲他的手杖，溫室天花板上的天窗忽然啪地一聲打開來，一股強光照亮了所有人的眼睛，接著轟隆一聲，一個粉紅色的陶瓷浴缸直接從上面砸了下來。

一群人目瞪口呆地看著掉落在他們面前的陶瓷浴缸，以及坐在裡面的人。

全身赤裸的威廉一臉驚嚇地坐在浴缸裡，他緊緊抱住自己，張著嘴看著環繞在他身邊的所有人，好半天說不出話來。

「你、你們為什麼……我、我怎麼……你、你們……」威廉的臉色從一開始的面無血色，逐漸轉變成鮮紅的豬肝色，他像隻煮熟的蝦子一樣把自己縮進浴缸裡。「你們到底為什麼會出現在這裡！」

「抱歉，還有一個。」不顧威廉的失聲尖叫，這時絲蘭又敲了一下手杖。

這次換溫室的大門打開了，一路從外頭滑進來的是正躺在按摩床上、享受美容師做臉服務的格雷。

一群人瞪著格雷的美容師，美容師也瞪著忽然出現在眼前的一群人，大家面面相覷，直到絲蘭再度敲響手杖，在地上隨便開了道門，把美容師直接送走為止。

「為什麼停下來了？我不是跟妳說過我最近工作壓力很大，需要多一點按摩？不然會變得像我上司那樣整天繃著張硬邦邦的臉——」

躺在按摩床上、雙眼貼著冰黃瓜片的格雷渾然不知發生了什麼事，而在他身旁的則是把自己整個淹進浴缸裡的威廉。

「好啦，都到齊了。」絲蘭宣布。

重新換上教士服和體面西裝的格雷和威廉站在一起，兩個人的視線分別看著地面，整張臉從脖子到耳朵都是紅的。

最先打破沉默的是柯羅，他看了眼手表，皺著眉頭問威廉：「你是認真的嗎？現在是大中午，你居然在洗泡泡浴？」

卡麥兒不小心笑了出來，絲蘭瞇眼瞪著她。

「我想什麼時候洗澡是我的事！你們憑什麼管我？還莫名其妙地把我、把我隨便帶來這裡！」威廉怒氣沖沖地喊著，眼眶都泛淚了。

現在唯一能安慰他的，是他當時正好在洗泡泡浴，泡泡能夠把他赤裸的身體隱藏起來。不然連小仙女學姐和蘿絲瑪麗都在場，要是真的被所有人看光光了，他打算挖個洞把自己埋進去，然後一輩子不再出來。

不過現在羞恥到想挖地洞埋在裡面老死一生的不只有威廉。

「你親愛的大學長因為工作忙得焦頭爛額的，你卻一個人在享受做臉服務，還嫌棄我的臉整天硬邦邦的？」約書雙手環胸，瞪著眼前的格雷，然後又瞪向伊甸：「我的臉明明超級柔軟的！」

伊甸不得已，只能點著頭附和。

「今天本來就是我們的休假日，我們應該有權利做自己想做的事……」格雷聲音越來越小，大學長的瞪視太強烈，讓他最後不得不說：「還有您的臉其實很柔軟，真的很柔軟！」

「知道就好。」約書還是有點不滿意地扠著腰，不過現在不是證明自己臉皮有多柔軟的時候，正事比較要緊：「我今天找你們來，主要是有點事情想請你們協助。」

「我明白，但是你們就不能用打電話的方式通知嗎？」格雷忍不住問。他現在真的只想挖洞把臉埋進去。這一切實在是太丟臉了，他沒料到自己竟然會在眾人面前出這種糗，尤其是在他的死對頭萊特面前

「沒辦法，事態緊急。」約書聳肩，他看向身旁的絲蘭，絲蘭仍然是那副心情很好的模樣。

「有什麼事這麼緊急？」格雷問。

「精確一點來講，我們其實只需要威廉的幫忙。」榭汀發話，他站在工作

檯旁，掀開了掩蓋著里茲屍體的白布。他對著威廉說：「威廉，我們需要你幫我們把這位亡者帶回來，我們有問題必須從他嘴裡問出來。」

威廉皺起眉頭。前兩次他們請他帶回亡者的經驗都不是太好，這讓他心理上有些排斥。他不太甘願地走向前，看了一眼躺在工作檯上的屍體。

躺在工作檯上的卻並不是威廉心裡所臆測的普通人。

「這是……這傢伙不是一般人！」威廉慌張地看向榭汀。

「對，他是夢蜥家的里茲，是名男巫。」

「我……我不行，我辦不到。」威廉的第一個反應是向後退去。

「你必須試試。」榭汀對於威廉的反應似乎不太意外。

「你們不懂，這並沒有你們想得這麼簡單！這是個男巫，不是一般人，你們知道巫族的靈魂有多重嗎？要帶回一般人對我來說就已經夠困難了，要帶回巫族的靈魂簡直是天方夜譚！」威廉搖頭，他退得更遠，怎麼樣都不願意配合的模樣。

「我不在乎，威廉，就算你用盡全力也要試著把他給我拉回來。」榭汀冷著聲音說。

「但是——」

在威廉繼續辯駁前，約書看了格雷一眼，示意他處理自己的男巫。

格雷吞了口唾沫，他立刻上前，對著威廉厲聲道：「做好你的份內工作，男巫！只是試著把亡者帶回來而已，沒這麼困難。」

教士說得好像他上次沒搞砸一切似的。

「你根本就不了解！你是最不能了解的那個人！」威廉轉頭對著格雷吼。

「我看不了解的人是你，男巫！別丟我的臉！做好你該做的事！」格雷的聲音更大，試圖壓制住威廉。

表情憤怒的威廉緊緊握住拳頭，萊特注意到他身旁的花草和植物正在迅速地枯萎，並一路延伸往格雷的方向，一種古怪的酸臭味瀰漫在空氣中。

其他男巫似乎也注意到了這件事，萊特感覺到身旁的柯羅身體緊繃了起來。

在威廉讓整間溫室的花草死光光，以及其他教士們發覺之前，萊特上前，伸手按住了威廉的肩膀：「威廉。」

威廉因為萊特的觸碰瑟縮了一下，但發現來人是萊特之後，他並沒有抗拒他的觸摸。

「聽著，我們真的很需要從里茲那裡得到問題的答案，而只有你才有辦法能將他帶回來。」萊特放輕了聲音對威廉說。

威廉沉默地注視著萊特。教士的藍眸又水又亮，裡面散發的光芒總能讓他說的每一句話都聽起來那麼真摯誠懇……

「如果你是擔心屍體又會失控，請放心，這次我們都在場，不會讓場面失控的。」

威廉猶豫了。他看了眼站在萊特身旁的柯羅，柯羅面無表情地盯著他看，什麼也沒說。威廉不確定對方在想什麼，但他想，柯羅可能正在嘲笑他的軟弱無能。

「我相信你可以辦到的，威廉，能不能請你試試？拜託？」萊特故意眨著眼睛，整個人都要蹭上去了。

威廉不知道萊特這個教士究竟是怎麼回事，和容易激怒他的格雷完全不同，萊特就是有種讓人無法說不的魔力。在萊特閃亮且惱人的目光之下，威廉的態度最後還是放軟了，他輕輕撥開萊特的手，然後對著蘿絲瑪麗和榭汀說：「我不能保證會成功，奶奶您應該最清楚。」

「我明白。」蘿絲瑪麗微微頷首，她看著威廉，意味深長地說：「但你就先試試吧？威廉，這已經是最簡單的方式了……如果能成功，當然是再好不過了。」

最簡單的方法？那表示還有其他方式嗎？萊特看向蘿絲瑪麗。

威廉又說：「但如果失敗了呢？」

「一定要成功。」榭汀語氣堅定。

蘿絲瑪麗看著自己的孫子，不知道在想什麼。萊特注意到她又和不遠處的絲蘭交換了視線。絲蘭瞇著眼搖了搖頭，心裡不知道在盤算著什麼。萊特不知道兩位資深的男巫和女巫間達成了什麼樣的心靈交流，但他肯定他們一定知道些自己不知道的祕密。

「總之請你先試試吧。」蘿絲瑪麗說。

威廉深呼吸了口氣，在萊特期盼的眼神下他紅了臉，最後緩慢地捲起袖口，邁步向前：「請準備好蠟燭。」

蒼蠅飛進了里茲的嘴裡。

地板微微震動著，榭汀的溫室裡充滿著嗡嗡聲響。

第三次看到威廉使用他的巫術，已經變得沒這麼嚇人了。萊特靜靜地在一旁觀看著跪坐在地上的威廉。男巫雙眼慘白地凝望著天空，他張大著嘴，像是在發出無聲的怒吼。

格雷依舊隱藏不了臉上對這項巫術的嫌惡，保守的鷹派教士似乎永遠看不見這些巫術的神奇之處，只看得到表面的醜惡。

萊特皺起眉頭，看了眼一旁正和伊甸交頭接耳著工作事項的大學長。雖然也是鷹派教士，但約書對於眼前的場景倒是非常鎮定。

不過大學長本來就不是典型的鷹派教士，或許不能當作參考數據。

「他不會成功的，看來榭汀的紅髮教士要被勒令退休了。」站在萊特身旁的絲蘭忽然笑出聲來，打亂了萊特的思緒。

萊特看向絲蘭，他的一隻手正遮在卡麥兒的眼睛上，不讓小仙女看清楚整個場景。

「別胡說八道，絲蘭先生。」卡麥兒試圖挪開絲蘭的手，她還沒看過威廉的巫術。

「為什麼你認為不會成功？」萊特不大高興地追問。

「因為他是個滿嘴狗屎的臭蜘蛛！」柯羅瞪了絲蘭一眼。

絲蘭挑眉，但似乎並沒有很介意柯羅的粗魯用詞。在小仙女因為看到威廉的模樣而露出震驚神情時，他再度將手掌遮到小仙女的雙眼上，這次對方沒再把他的手拉開了。

「我們可是巫族，就像人們常詛咒我們的那樣，我們死後是要下到地獄深處的——再說了，里茲是個很難搞的傢伙，你認為以威廉的能力，真的有辦法打撈到他？」

「誰知道，我們都還在成長，我們的巫力會逐漸強大，也許那隻臭青蛙真的能辦到。」柯羅竟然搶先萊特一步說話了。

絲蘭詫異地將眉尾挑得更高。

「你是在幫威廉說話嗎？你們兩個小傢伙什麼時候感情變這麼好了？」

「我們感情才不好！我只是不贊同你說的話。」

絲蘭對柯羅的意見不予置評，他聳聳肩，開口提議：「不然這樣吧，我們來打個賭，賭威廉能不能成功帶回里茲，輸家可以答應贏家一個要求。」

「你確定要跟我賭？」論賭博和運氣，萊特可是沒輸過。

「你能有多幸運呢？」

「試試就知道了。」

「你真的要賭？」柯羅問。

「相信我。」萊特對著柯羅眨眼。

「好，賭局成立。」絲蘭對著萊特毫無感情地笑了下，接著他們將視線再度放回威廉和里茲身上。

工作檯上，那些從威廉腹部跑出來的蒼蠅已經全數飛進了里茲的口中，不斷地往他的身體深處及腦袋竄入。

站在一旁的榭汀屏氣凝神地等待著迎接里茲的甦醒，但無論蒼蠅如何在里茲腦袋內橫衝直撞，他都沒有任何甦醒的徵兆。

這和平時將常人的靈魂召回的時間不同，如果是普通人，這時本來應該已經被威廉拉回來了才是。

隨著時間一分一秒過去，眼看著有幾隻蒼蠅還陸陸續續地飛了出來，榭汀的臉色也越來越凝重。在場只有絲蘭的臉上還掛著得意的笑容。

要輸了。柯羅不悅地想著，他看了眼身旁的萊特，卻發現對方正異常專注地凝視著威廉。

「你這樣盯著他也沒用，誰叫你要胡亂答應別人的賭局。」柯羅小聲地說。

「噓——我正在祈禱。」萊特卻說。

「祈禱？祈禱什麼？」

「祈禱『快出現，里茲，讓威廉可以抓到你』，還有『你可以辦到的，威廉，一定可以的』。」萊特像念咒語般地喃喃。

柯羅雙手抱胸搖頭，他嘆了口氣：「你還是祈禱絲蘭要你做的事不會太過分好了。」

然而，彷彿是回應萊特的祈禱似的，就在同一個瞬間，燭光全數熄滅，里茲的身體忽然微微地顫抖了起來——

威廉再度陷入了一片黑暗之中。

他的頭頂不斷閃現如同極光般的綠色光芒，底下則是如同海洋般一片虛無縹緲的黑海——被古老的巫族稱做地獄邊緣的地方。

威廉在地獄邊緣上載浮載沉著，這一大片無邊無際的黑海之下似乎匍匐著許多東西，他從不敢仔細去看底下到底有些什麼。

直覺總是告訴威廉，絕對不能被拉到地獄邊緣之下，沒人知道地獄邊緣的深處有什麼。

威廉盯著底下的黑海。在這之前，他從不曾仔細去尋找他要探尋的亡者靈魂，因為在他施術時，亡者的靈魂通常會在這片茫茫黑海中主動靠近，把他當成能夠返回現世最後一次的一根浮木；然而這次的情況不同，他必須帶回一位男巫的亡靈。

威廉甚至不確定男巫的亡靈是不是還在地獄邊緣，或是已經下到更深的地方——

不時浮現的綠光照亮了地獄邊緣的瞬間，威廉看到了底下有好多隻手，那些手正盲目地在黑暗裡摸索著，想找到救命繩。而他的使魔伏蘿正在其中悠遊。

伏蘿是唯一有能力在地獄邊緣裡遊蕩的使魔。很不幸的，就像每個異食癖患者一樣，牠偶爾會挑一些有趣的亡靈食用。如果里茲的亡靈正在地獄邊緣，威廉希望他沒被伏蘿給發現了。

威廉小心翼翼地在地獄邊緣裡尋找著里茲。然而所有剛死去的亡靈都會在此遊蕩，如果里茲不願意來找他，他該怎麼從數以萬計的亡靈之中找到對方？

不行，他辦不到。無法喘息的感覺再度湧上，威廉盯著塞滿著亡靈的地獄邊緣，無法動彈。

或許他真的就像格雷和柯羅他們眼中的他那樣，既軟弱又無能。

「父親，你在找誰呢？」伏蘿那似男似女的聲音又在黑暗的空間中響起。

不——威廉遮住雙耳。他想逃避這個聲音，逃避這一切，但就在他的身體開始往地獄邊緣深處沉落時，他聽到了一個很耳熟的聲音。

你可以辦到的，威廉。

那聲音在他耳邊響起，威廉轉頭尋找聲音的來源。與此同時，一隻手從底下伸了上來，它以極快的速度抓住了威廉的腳，將威廉向下拖拉。

這和以前的經驗完全不同，攀附在腳上的重量像是船錨一樣，威廉幾乎沒辦法往上爬，他不斷地向下迅速淪陷。就在他以為自己要被拖拉到地獄邊緣的另外一端時，他看到了腳下那個有著一頭綠髮的骷髏。它用空洞的雙眼瞪著他，然後張開了它的嘴大聲尖叫。

威廉深吸了口氣，跟著張大嘴尖叫。只是他們發出的聲音不像尖叫聲，而是一股低沉的震動聲，接著從遠處隱隱約約地傳來了榭汀的聲音——

「里茲！」榭汀在無意識狀態的威廉身旁喊道。

除了萊特，出乎所有人的意料之外，工作檯上的里茲坐了起來，他張開眼，深吸了口氣。

「他回來了，快點！」約書喊著。

「里茲！快告訴我們，你把快樂瑪麗安藏在哪裡？」榭汀的聲音又嚴厲又尖銳，他像先前一樣拍著手掌逼迫亡者吐出答案。

里茲面容慘白地盯著他們，幾秒後，他「嘔嘔嘔」地吐出了一堆蒼蠅。

「原來回來是這種感覺？這真是太糟了，噁心透頂。」里茲說：「我真是瘋了才會想要爬回來。」沒有像其他甦醒的屍體那樣處在渾沌之中，里茲看上去相當清醒，而且話非常多。

萊特得意洋洋地看了絲蘭一眼。絲蘭皺著眉頭，今天一整天的好心情都被破壞殆盡。

「里茲！集中精神，我們時間不多，快告訴我們快樂瑪麗安在哪裡？」

「你知道嗎？我本來在那裡游泳游得好好的，忽然有個聲音要我爬上來，我就想說，好啊，那我上來看看是誰找我好了。」里茲依然自顧自地說著，直到他發現了坐在旁邊的蘿絲瑪麗——「蘿絲瑪麗！好久不見了。」

蘿絲瑪麗面無表情地看著里茲。

「喔！我美麗的小貓，即便歲數大了，妳依然如此地美麗——妳想念我了嗎？那為什麼之前都不回我電話？」里茲試圖要擺出一個酷酷的壞男人姿態，可惜他的屍體已經僵硬了。

「別說廢話，里茲，你的變色龍在哪裡？」蘿絲瑪麗問。

「妳還敢提我的變色龍？你們找我回來，就只想問我的變色龍在哪裡嗎？小貓，我都還沒跟妳算帳呢！當初妳拋下我，連夜偷走了我的安東尼，甚至讓妳的大貓吃了牠！嘔——嘔——妳不覺得自己很過分嗎？」里茲又吐出了一堆蒼蠅。

蘿絲瑪麗擺出的表情顯然並不覺得。

「蘿絲瑪麗，妳很過分，而且不只是妳，還有妳的孫子！就是他和他的同伴把我害死的！嘔——嘔——妳知道嗎？」

「那是個意外，殺你的是獵巫人！」榭汀快失去耐性了。

此時一旁的威廉開始渾身抽搐，他抓著自己的頸子，一副呼吸不到空氣的模樣。

「威廉快撐不住了！」萊特插話。

榭汀看了眼威廉，他更焦急地詢問：「聽著，我們真的很需要你的變色龍！我保證這次不讓蘿絲瑪麗和暹因接近你的寵物，只要你告訴我們瑪麗安在哪裡！」

「你們對我這麼壞，然後現在還要我告訴你們快樂瑪麗安在哪裡？」

「里茲！你再不說，小心我——」

「怎樣？我都是死人了，你們還能對我做什麼？」里茲哈哈大笑，隨後瞪著他們所有人：「別指望我這麼輕易地告訴你們我的瑪麗安在哪裡。我不是說過了嗎？想要找到我的快樂瑪麗安，就下地獄來找吧！也許這次我會告訴你們。」

「等等，里茲，等等！你不准——」

「親愛的蘿絲瑪麗，我在地獄裡等妳，希望妳能盡快到來——」里茲沒把話說完。在最後幾隻蒼蠅飛離之前，他調情似地對蘿絲瑪麗眨眼微笑，並且永久地停留在這個表情上。

「該死的！」終於忍無可忍，榭汀出手往里茲臉上狠狠揍了一拳，屍體咚地一聲倒下，但還是相當俏皮地維持著眨眼的狀態。

浪費掉了！榭汀不可置信地瞪著躺在床上再度失去生息的里茲。他們竟然把這珍貴的幾分鐘浪費掉了，沒問出任何有用的資訊！

一旁的威廉猛烈地倒抽了一口氣，終於得以呼吸的他環抱著自己，滿臉淚水地癱倒在地上，髮色在粉紅與青綠色間交替。

但榭汀沒讓威廉有時間喘息，他掉頭走向他，蹲下來掐住了威廉的臉。

「帶他回來！快帶他回來！」

「我、我不行，你明知道我不行！我的身體承受不了，而且亡者只能喚回一次，一旦他再度回去，就已經去了地獄邊緣的另外一端——他下地獄去了，榭汀！」威廉因為榭汀施加在他臉上的力道而疼得皺起了眉頭。

「榭汀！冷靜！」萊特上前想制止榭汀，但榭汀只是冷酷地瞪著威廉。

「我必須問到答案！威廉，我不管你是不是承受得了，就算是被拖進地獄裡了，你也必須要幫我——別忘了你的美貌和性命都是誰救回來的，這是你欠我的！」榭汀那雙金色的瞳眸完全不帶任何感情。

威廉顫抖著，因為疼痛而說不出話來。

「等等！男巫——」格雷這時站了出來，他終於記得要替他的男巫說話了。「不是我要說，但威廉已經把那傢伙叫回來了，沒能問出答案應該是你們的問題不是嗎？」

「閉上你的狗嘴！」

榭汀瞪向格雷的瞬間，格雷身後的所有植物也開始蠢蠢欲動。但格雷並沒有注意到，依然趾高氣昂地說著：「我有說錯話嗎？」

這似乎激怒了人已經在暴怒邊緣的榭汀，一條藤蔓長出了刺，從格雷身後逼近。但就在藤蔓要纏上格雷之前，萊特及時拉住了榭汀。

同時，約書也對他們所有人吼道：「夠了！你們是要吵到什麼時候？」

眾人紛紛看向約書，盛怒的大學長比什麼妖魔鬼怪都還要可怕。

「這像話嗎！整個黑萊塔居然因為一個流浪在外的針鱲男巫而大亂！」約書真不知道黑萊塔今天到底是和什麼邪惡的東西犯沖了，做什麼事都不順。「聽好，我現在沒有心情、也沒有時間在這裡跟著你們繼續胡鬧，我已經給過你們一次機會，但你們失敗了。」

眾人一陣沉默，只剩威廉的啜泣聲。

「我不可能一而再、再而三地給你們機會，你們接下來到底有什麼打算？」約書冷著臉問。

「八成就剩換掉那個紅髮教士一途了吧？」絲蘭在一陣靜默很不妥當地笑出聲來。

「絲蘭先生！」卡麥兒斥責了她的教士一聲，但這次就連榭汀都沒有立即出聲反駁。

萊特看著緊緊咬著牙根的榭汀，貓先生臉上難得出現了挫敗的表情。

難不成就只能這樣了嗎？換掉鹿學長，讓鹿學長去學習第二專長，當個街頭藝人什麼之類的，提前開始他的退休生活？

「不可能，一定還有其他方法！」萊特喊了聲，他看向坐在椅子上異常沉默的蘿絲瑪麗。

蘿絲瑪麗的手指不停在玻璃茶几上敲打著，她沉默不語地看著絲蘭，又是那種剛剛被萊特抓到、偷偷摸摸的眼神交換。

彷彿讀懂了蘿絲瑪麗心裡的話，絲蘭不可置信地搖了搖頭：「妳是認真的嗎，蘿絲瑪麗？妳很清楚用那個方法風險有多大，到時候你們失去的可能不只那個紅髮教士而已。」

蘿絲瑪麗依舊用手指敲打著玻璃茶几，持續用眼神和絲蘭高深莫測地談判著什麼。

「我說真的，直接讓紅髮教士退休，換隻新的白老鼠，成本還比較低一點。」絲蘭又說。

「你、你們兩位可以解釋一下你們在討論什麼嗎？」約書左右看著絲蘭和蘿絲瑪麗，這就是他有時候討厭下屬年紀比他大、經驗又比他豐富的原因。

「我有什麼辦法呢？我的孫子真的很寶貝他的老鼠。」蘿絲瑪麗終於說話了。「別當個懦夫，絲蘭。」

絲蘭盯著蘿絲瑪麗，好一會兒都沒說話，似乎不太願意答應她的請求。

這時萊特忽然靈機一動，他對著絲蘭說：「等等，絲蘭，記得我們剛剛的賭債嗎？」

「喔，不，別又來了。」絲蘭一臉不可置信地看向萊特，他覺得自己今天的運氣似乎正呈現雪崩式地下跌，就好像他所有的好運都被眼前這個亮晶晶的傢伙吸走了似的。

「還賭債的時間到了，你需要幫我做的那件事，就是蘿絲瑪麗想要你做的那件事。」

絲蘭咬牙切齒地瞪著萊特：「你不知道自己做了什麼，小鑽石。」

萊特聳肩，他還真的不知道自己做了什麼。但如果能夠救回鹿學長，他相信再困難的事他們也能辦到。

反正不管多困難，總不可能要了他們的小命……吧？

「好吧，但條件是把麥子排除在外。」絲蘭終於鬆口答應。

「為什麼？」卡麥兒問，但被絲蘭和蘿絲瑪麗無視了。

「可以。」蘿絲瑪麗說，隨即看向伊甸：「除此之外，你也必須幫點忙，狡詐的小蛇。」

「我？」伊甸挑眉。

「等等等等——你們到底要做什麼，蘿絲瑪麗？」約書問。

蘿絲瑪麗聳聳肩，一臉沒什麼大不了的模樣。

「還能做什麼，當然是下地獄去囉！」

CHAPTER 5

下地獄

「地獄！」

朱諾看著幾個小孩興奮地從他身邊奔跑尖叫而過，一對情侶卿卿我我地坐在摩天輪上親熱，雲霄飛車呼嘯而過，遊樂園裡的空氣都是爆米花和熱狗的庸俗氣味。

「我以為我們說好的慶祝狂歡是去酒吧之類的！」朱諾吃著棉花糖，對瑞文抱怨。

男巫們穿著一身便服混在人群裡。朱諾今天穿著男裝，還戴了一頂棒球帽，一隻蠍子掛在他的右耳上，小巧精緻，跟耳環一樣。他的一頭紅色長髮變成了普通的棕色短髮。

「這裡有個未成年的孩子，我們進不了酒吧的。」瑞文說，他的手搭在布蘭登的肩膀上。除了布蘭登臉上的表情看起來像是驚恐的花栗鼠之外，黑髮的兩人看起來就像一對親密的兄弟。瑞文沒有像朱諾一樣費心喬裝，他只用高領遮住了自己頸子上的那些燙傷。

「人類太無聊了，我舉辦巫魔會時從不限制年齡的。」朱諾說。

「但你的兄弟會。」

「我兄弟也很無聊。」

「老天！你想悶死我嗎？」一隻金色的老鼠從朱諾的口袋裡爬了出來，打斷他們的對話。他一路爬到朱諾的肩膀上，一邊喘息一邊抱怨：「為什麼不能讓我變成狗或貓就好？」

「遊樂園禁止帶寵物。」朱諾捏了點棉花糖想餵食老鼠亞森，結果被他咬了一口。

「老鼠也是寵物好嗎？你對老鼠到底有什麼病態的執著？」

「老鼠比較方便攜帶。」朱諾聳了聳肩。

「遊樂園有什麼不好？這邊充滿歡笑、尖叫聲，還有賣蘋果糖！」瑞文停駐在賣蘋果糖的攤販前，從中挑選了夜鴉口味的蘋果糖。他對著正在等他付錢的攤販眨了眨眼，攤販立刻站直，嘴角拉起怪異的角度，然後又給了瑞文兩支相同口味的蘋果糖，並且揮手向他們道再見。

瑞文將蘋果糖分別塞到布蘭登和朱諾手上，自己則拿著最後一支吃了起來。

「我過去常帶著柯羅從家裡偷溜到這種地方，舊地重遊真的很讓人懷念，畢竟我都離開靈郡多久了？」

「七年？」朱諾想了想。

「對，整整七年。」瑞文咬了口蘋果糖，糖漿的甜味和青蘋果的酸味同時在舌尖迸發開來，他也很想念這個味道。「教廷裡的那群豬玀，竟然讓我錯過了這些這麼久。」

布蘭登抬頭看著牽著他的男巫。男巫盯著手中的蘋果糖，臉上帶著笑意，眼神卻很可怕。他手中的蘋果糖在他的瞪視下迅速萎縮發黑，最後直接化成了一團黑色的塵埃，灑落在他手上。

「喔，不小心浪費了一個蘋果糖。」瑞文惋惜地搓了搓手，他一臉無辜地看了布蘭登一眼。

布蘭登立刻撇過頭，他擔心如果自己盯著男巫看，最後也會變得跟那支蘋果糖一樣，化為塵埃，最後消失在地面上任人踐踏。

「你真的很嚇人耶，瑞文。」朱諾很不客氣地說了句。

「我都說了我是不小心的。」瑞文看起來不是很在意，他拍拍布蘭登的肩膀：「說吧，你想先從哪樣遊樂設施開始玩起呢？雲霄飛車如何？」

他指著那個不停甩出尖叫聲的巨大機器。

「我、我身高不夠高。」老實說布蘭登只想回家。

「別擔心，只要我輕輕眨個眼，驗票員不會攔下你的。」瑞文邊笑邊搭著布蘭登的肩膀往遊樂設施的方向走。

朱諾看著走遠的瑞文，他哼了聲，湊到肩上的小老鼠亞森的耳旁說：「大部分的時間我都很喜歡瑞文，大部分。但我不得不說，那傢伙有時候真的很讓人毛骨悚然。」

「別這樣說他。」亞森瞪著朱諾。

「拜託，你沒聽過傳聞嗎？他當初離開教廷的原因？」

朱諾回想起當年他和賽勒還沒脫離教廷的時候。他們本來和瑞文一樣，都是黑萊塔裡的男巫，每天被那些教士監督著生活的一言一行，賣命地替他們工作，服務那些愚蠢的普通人類。當時他們之間還是形影不離的關係，除了彼此之外，他們很少接觸其他男巫，所以和這位極鴉家的長子瑞文並不是非常熟識。

不過，就算是再不熟識，他們多多少少也聽過瑞文的一些傳聞——

或許出人意料，但瑞文曾經是教廷公認、黑萊塔裡一位非常優秀的男巫；然而，這一切在他的行為開始脫序之後，完全變了個樣，尤其是當他犯下了惡名昭彰的大罪之後……

「他殺了他的教士，不就是這樣而已嗎？」小老鼠亞森一副不在乎的模樣。

「對，我知道，不過他的手段很嚇人，我記得他好像在光天化日之下讓人掉了腦袋還是什麼的？」朱諾回想著，那件事情的詳情教廷並沒有透露太多，他們只知道血鴉瑞文在某天正式發瘋，落得和他母親一樣的下場，並殘忍地謀殺了一直和他合作的教士。

「你不知道瑞文都經歷過些什麼，我相信不管發生什麼事，那都是對方應得的。」亞森說，他瞄了眼賣爆米花的攤販。

「你就不擔心哪天你也像他的教士一樣，忽然人頭落地？」朱諾問。

「不，我不擔心，瑞文不會這樣對他的同伴。」

「他的教士也曾經是他的同伴。」

「那是教士，不是同伴。」亞森斬釘截鐵。

「好吧，但林區是同伴，瑞文還是拿皮鞋把對方拍成了肉餅。」林區炸成肉餅的畫面朱諾至今難以忘懷，偶爾他還是會拿那些網路上流傳的影片出來看一看，笑一下。

沒辦法，這太經典了。

「林區說謊了，他試圖說出和瑞文約定的祕密，他的不忠誠才是真正害死他的原因。」亞森在朱諾肩上站得直挺挺的，他嚴肅地盯著朱諾看，「只要你不背叛瑞文，瑞文就會一輩子站在你身邊幫助你，因為教廷和教士們才是我們真正的敵人。」

朱諾噗哧一聲笑了出來。

「這到底有什麼好笑的？」亞森不高興地皺著他的老鼠鼻。

「沒什麼，只是我第一次和一隻老鼠這麼認真地談論這些話題。」仔細想想又好像不是第一次，朱諾暗忖。他開始想念那隻能和他玩遊戲的老鼠了。

「你可不可以不要再拿我的巫術開玩——」亞森話還沒說完，朱諾便往他的前爪上塞了顆爆米花。大概是注意到亞森一直盯著爆米花看，朱諾不知何時讓他的蠍子們偷了顆爆米花來。

亞森看著手上的爆米花，又看向朱諾。

「別以為這樣就能賄賂我。」亞森瞇起眼。

「那我要怎樣才能賄賂你，偷走你的心呢？」

亞森又用他的老鼠臉做出了嫌惡的表情，他把爆米花塞進嘴裡，口齒不清地說：「你不需要賄賂我，你只需要對瑞文展現你的忠誠心就行。」

「你真是瑞文最忠誠的朋友。」朱諾故作感動地捧著胸口。

「你知道我是認真的，朱諾。」亞森瞪著朱諾，他說：「永遠不要背叛他，不然殺你的人可能會是我。」

「好恐怖喔，老鼠亞森。」朱諾吹了聲口哨，「可惜威脅要殺我的人太多了。」現在黑萊塔裡就有一個——他自己家裡可能也還有一個。

亞森撇過頭去不想理會朱諾，朱諾卻伸出手指戳了他毛茸茸的屁股一下：「喂，話說你和瑞文究竟是怎麼認識的？值得你為他賣力賣命又賣身？」

亞森對瑞文死心塌地的程度引起了朱諾的好奇心。

「我沒有賣身！還有這又關你什麼事了？」亞森又要張口咬朱諾，卻被朱諾躲開了。

「有鑑於我們接下來可能會成為最親密的好伙伴，難道我們不該知道對方所有的事情嗎？」

「我們不用成為彼此最親密的伙伴，我們只需要成為瑞文最有力的支柱——」亞森頓了頓，他抬頭張望：「等等，瑞文呢？」

他光顧著應付煩人的針鼴，都沒注意到瑞文帶著那個人類小孩走遠了。

「快走！去找瑞文！」亞森指揮著朱諾。

「我不是你的馱獸，你知道嗎？」

「你不是想賄賂我嗎？想得到我的心就快走，針鼴。」老鼠拍了拍朱諾的肩膀。

「好吧，這倒是很有力的交換條件。」

瑞文牽著布蘭登的手站在旋轉木馬前，他睜大著眼盯著旋轉木馬，腦海裡不知道在想什麼。站在他身旁的布蘭登看起來一臉無助，他左右張望著，不知該如何是好。

如果現在逃走去找人求救，會被發現嗎？布蘭登被瑞文牽著的手在顫抖，他被帶出門前，他的父母和哥哥還在家裡反覆做著同樣的動作，他好擔心他們。

「旋轉木馬如何？柯羅以前常吵著要玩旋轉木馬。」瑞文轉頭對著布蘭登微笑。

布蘭登靜默著不敢說話，蘋果糖上的糖漿讓他滿手黏答答的。

「我記得有一次我帶著柯羅偷溜出來玩，他很開心，只可惜在我們玩到旋轉木馬前就被媽咪發現了——你知道媽咪後來做了什麼嗎？」

布蘭登搖頭。瑞文的臉上依舊掛著微笑，一旁原本速度緩慢的旋轉木馬忽然間加快了旋轉的速度，裝飾在上頭的燈泡忽明忽暗。旋轉木馬上的人們尖叫了起來，沒人知道發生了什麼事，員工還以為是機器故障。

布蘭登的手被瑞文緊緊捏住，他疼得想抽手，不過沒有成功抽開，他手上的蘋果糖還不小心甩到了路人的衣服上。

「搞什麼？」

很不幸的，蘋果糖甩在了一群小混混的衣服上。

小混混們用髒話咒罵個不停，布蘭登僵在原地，他認得這些小混混。他們住在下城區，偶爾會在這種遊樂場合出現。媽咪說過，如果看見了這些人，千萬要躲得遠遠的，不要靠近他們。

但是布蘭登現在有點混亂，他不知道他該躲的是誰。

「你就不能把你弟弟顧好嗎？」小混混們對著瑞文嗆聲，氣燄囂張。

「都不用道歉的嗎？我的衣服都毀了！」另一個小混混也不客氣地湊了上前。

小混混們瞪著瑞文。穿著高領黑衣的男人看上去斯斯文文的，柔弱又好欺負的模樣，所以他們更是刻意地放大了音量嚇他。

「至少要賠我們乾洗的費用吧？」小混混們逼近瑞文。通常他們只需要用力再往對方身上推個幾下，對方就會馬上嚇得掏出錢包付錢給他們。他們也許會拿了錢就走，也許會選擇揍對方一頓再走，一切端看心情。

然而身穿黑衣的男人只是沉默地站在原地，毫無動靜，他身上有種讓人毛骨悚然的氣質。

「你是啞巴嗎？」其中一個小混混不耐煩了，他扯住瑞文的領子說：「把賠償費用拿出來，不然小心我揍你和你的弟弟一頓。」

「我們對小孩可是不會手下留情的。」另一個小混混說。

「你說你想要……傷害我和我弟弟，是嗎？」瑞文深吸了口氣，他輕輕地撫摸著頸子，另一手依然緊緊握住布蘭登的手。

小混混往後退縮了一下，因為他看到眼前這個男人的眼眸散發出了一種很詭異的光芒，他的瞳眸竟然是紅色的。

「不想玩旋轉木馬的話，我們就跟這些人玩吧？」瑞文溫柔地轉頭看向布蘭登。

布蘭登知道事情不妙。

瑞文開始分別指著每個小混混們，並且一一點名說道——

「你想要爬上摩天輪，自由自在地在鋼筋上爬行，直到你爬到最高的地方，最後你奮力一躍。」

「你太想要坐上雲霄飛車了，所以你決定攔下行駛中的列車，最後列車卻從你身上輾了過去。」

「你想證明自己的力氣最大，於是你舉起槌子，用槌子砸爛自己的臉，最後終於證明了自己的力氣有多大。」

瑞文映在地上的影子古怪地扭動著，並且像活過來似地爬向其他人映在地上的影子。當他的話音一落，那些小混混們全都僵在了原地，布蘭登在他們的臉上看到了非常熟悉的笑容——那種僵硬又勉強、嘴角弧度誇張提高的笑容。

抓著瑞文的小混混鬆開手，幾個人排排站在他們面前，像士兵一樣，最後再紛紛離去。

「瑞文！發生了什麼事？」朱諾和亞森這時才跟上瑞文的腳步，他們看著和他們錯身而過的小混混們，不明就裡地看向牽著孩子的瑞文。「你被那些傢伙找麻煩了嗎？」

瑞文微笑，他身邊的孩子卻滿臉慘白。

「你們不是嫌遊樂園太無聊嗎？所以我決定讓人表演點餘興節目。」

瑞文的話才剛說完，離他們不遠處的人群就開始躁動，有人發出了怒吼聲，有人發出了尖叫聲。

朱諾和亞森抬頭望去，其中一個小混混竟然正徒手爬上摩天輪，完全不顧工作人員的勸阻。他們看著他不斷地往上攀爬，一路爬到最高處，在夜色裡變成了一個黑黑的小人影。

那個人影在群眾的歡呼及尖叫聲下展開了雙臂，最後奮力一躍。

而另外一個方向，人群發出了同樣驚懼的尖叫聲，簡直和雲霄飛車急速煞車的聲音一樣。幾秒後，他們聽到了巨大的碰撞聲，有什麼東西噴濺在軌道底下的人群之中。

尖叫聲只停了一秒，再度如海嘯般襲來。

布蘭登顫抖著，他太矮了，站在人群裡的他無法看見實際狀況，但他是最清楚發生什麼事的人。

「我不知道那些傢伙到底做了什麼事，但遇到你還真是有夠倒楣的。」站在瑞文身旁的朱諾哼的一聲笑了，彷彿真的是在看一場秀似的。

「我覺得少了點什麼，大概是煙火吧？我剛剛應該讓其中一個人去抱煙火的。」瑞文有點惋惜地說。

男巫們站在驚聲尖叫的人群裡，然後看著最後一個小混混表情僵硬地拿起一把沉重的長柄鐵槌。那支鐵鎚本來應該砸在遊樂器材測量力氣的磅秤上，但他緊緊地握住握柄，然後將鐵鎚對準了自己的臉。

「不會吧？那傢伙該不會是想要——」朱諾看著眼前的小混混不斷掙扎著，雖然他們都知道結果會是如何。「你這樣真的很惡毒耶，你想造成多少小孩的心靈創傷？」他批評著，卻仍津津有味地看著眼前這場「表演」。

「啊，我忘記現場還有小朋友了。」瑞文發出了懊惱的聲音，「我們必須先把小朋友的眼睛遮起來。」他伸手往布蘭登的雙眼上一遮。

布蘭登的眼前變得一片黑暗，什麼也看不到，只能聽到周遭驚恐的叫聲，以及拿著鐵槌的人的喘息聲。

「我就說當初該去酒吧，反正最後都還是要遮住孩子的雙眼。」朱諾說。

「但如果去酒吧，你們就看不到這場表演了——還有，我勸你最好站離那傢伙遠一點。」

「為什麼？」

男巫們的話說到一半停止了。

幾聲尖叫響起。布蘭登不用看也猜測得到，拿鐵槌的那個人最後絕對不是把鐵槌砸在磅秤上，讓機器發出代表贏家的響亮鈴鐺聲，而是讓鐵槌砸到臉上，發出——

噗滋一聲。

約書可以清楚地聽見鐵製的器具搗進血肉裡，絞斷骨肉、轉動，並且拔出的聲音。

伊甸正在用手上像湯匙一樣的鐵器在里茲眼眶裡搗鼓著，並試圖將他的眼珠從眼眶裡挖出來。

「嘔——」

約書在經歷了一上午的忙碌、自己人內鬥的丟臉場面、以及召喚里茲卻徹底失敗的過程之後，他現在連一頓好好的午餐都吃不下去了。

「你、你可以不要在我吃午餐的時候做這件事嗎？」約書放下手邊的肉丸義大利麵，他真的要吐了。

「抱歉，但你自己對萊特他們設定了最後期限，所以我必須把蘿絲瑪麗需要的東西趕工給她。」伊甸說。他將里茲的眼珠挖出來，用清水好好地將那團血肉模糊的眼珠清洗了一番。

在一上午的混亂之後，約書對著萊特他們下達了最後通牒——有關丹鹿的事情，他不能讓他們再繼續拖下去了，要是他們再不能修好丹鹿，那麼他最後也只能照著他當時的盤算去做。

無論如何，沒有清理掉蠍毒、腦袋又壞掉的丹鹿，是不可能繼續留任的。

「你認為我這麼做會太冷血嗎？」約書沉默了一會兒之後問。在他給出最後通牒之後，那些獅派的教士都露出了像是他給丹鹿定了執行死刑的日期般的表情。

拜託，他又不是真的要給丹鹿執行死刑，只是讓他退休回鄉下療養，孤獨地永遠與世隔絕而已——所以這不能說是死刑，頂多是無期徒刑。

「不，你只是有自己的考量。」

伊甸握著湯匙，又挖掉了里茲的另一顆眼珠，眼睛連眨都沒眨一下。

約書有點同情地看著臉上留著兩個窟窿的里茲——往好處想，至少里茲臉上那愚蠢的八字鬍看起來沒這麼顯眼了。

「如果丹鹿被控制了，那把丹鹿從教士名單中剔除絕對是有必要性的，我們不知道他會有什麼樣的危害。」伊甸繼續說，他將里茲的兩顆眼珠都清洗乾淨之後，丟進了裝著透明液體的玻璃罐裡。

這真是太好了，他們現在有兩個裝著人體器官的醃黃瓜罐了。約書冷冷地瞪向裝著眼珠的玻璃罐，諷刺的是那兩顆眼珠也瞪著他看，好像是在苛責他對丹鹿的決策錯誤一樣。

「當初教廷就是對那個人太掉以輕心，才會導致後面的悲劇發生。」伊甸打了幾個響指，一隻橘紅色的銅蛇爬到了他的工作檯上，並且張嘴吐著蛇信，只是它的蛇信不是冷冰冰的黏膩舌頭，而是一把高溫的藍色火焰。

伊甸利用火焰熔起了玻璃。

「你是說——柯羅的哥哥嗎？」

「對。」

約書陷入沉默。血鴉瑞文失蹤前，他還沒進入黑萊塔擔任督導教士，但他確實聽過這個慘劇——失控的血鴉男巫與他的大屠殺，簡直是他母親的翻版。

「好吧，你讓我好過點了。」

「但丹鹿確實是你最可靠的下屬了，除了會浮報公款這點，人倒是不錯。」

「好吧，你現在又讓我覺得難過了。」約書斜睨了故意逗他的伊甸一眼。

伊甸只是笑了笑，他再度將玻璃罐裡的眼珠小心翼翼地夾出，並且裹上了被他熔成液態的玻璃裡。

約書正專注地看著伊甸工作時，他的手機又開始不停地冒出訊息聲。

工作又來了。約書頹喪地看著滿桌的卷宗。

「如果他們再處理不了丹鹿的問題，我真的會先過勞死。」約書捏著自己的鼻梁。把人力全部借給榭汀他們，然後自己扛下所有工作，已經是約書唯一能為丹鹿所做的事了。

約書盯著苦惱河小鎮警局警長再度傳來催促他們處理失蹤居民的訊息，以更多更多的愛心貼圖。他真的不知道，光靠自己還能撐住整個黑萊塔的運作多久。

「你還要花多少時間呢？最近有個夫妻自焚的民宅起火事件，我想去看看。」約書說。

「再給我一些時間，做這個東西需要細心點，我必須讓它完美無缺。」伊甸小心翼翼地將裹上玻璃的眼珠塑形，並且在外面覆上金屬。

「可不可以先告訴我，你從剛剛到現在到底在做什麼東西？」

「一項很重要的東西，這會成為他們下地獄後找到里茲的關鍵。」約書用外型有著小毒蛇浮雕的小錘子輕輕敲著里茲被裹進玻璃和金屬的雙眼，小錘子敲擊著玻璃及金屬時發出了一種漂亮的橘光。

看伊甸製作巫器總是非常紓壓的一件事。

「蘿絲瑪麗真的沒有在開玩笑？他們要下地獄去找里茲，逼他說出快樂瑪麗安的下落？」約書問。

「對。」

「但他們有具體地說明要怎麼下地獄嗎？」

蘿絲瑪麗和絲蘭似乎是唯二知道如何下地獄的人，但兩位長輩對如何下地獄、怎麼下地獄、誰要下地獄等關鍵都沒有詳細說明，表現得神神祕祕的。

「沒有，那是個古老的巫術，只有蘿絲瑪麗和絲蘭清楚該如何運行。至於我們這些年輕晚輩所能做的，就只有幫助他們製造出他們所需要的巫器而已。」伊甸仔細端詳著手中的玻璃眼球，然後再度調整起它的外型與弧度。

「有兩位長輩在，我應該……不需要太擔心，對吧？」約書有點不確定地瞇起眼。

不知為何，從蘿絲瑪麗說要下地獄去找里茲開始，他就一直有種很不好的預感。

「說到這個，蘿絲瑪麗要我提醒你……」

「提醒我什麼？」

「她說她希望這個巫術會順利進行，但如果最後沒有順利進行——除了丹鹿之外，你恐怕還要另外多開兩個職缺。」

CHAPTER 6

尋找魔鬼指南

那是萊特見過最厚的一本書了。他們將它從蘿絲瑪麗珍藏的書籍中取出時，還花了一番工夫。

那本書的書皮是用焦掉的樹皮製成，上面寫著幾行巫族們才知道的古文字。好在萊特當年在神學院正好選修了「巫族古文字」的課程，所以他對於巫族的古文字也算是小有涉獵。如果沒猜錯的話，這本書的書名應該叫──

「『如何進入地下，尋找模特兒指南』？」

「不、不，應該是『如何進入地瓜，尋找發芽的部位指南』？」卡麥兒也稍有涉獵。

原本正翻著厚重的書本，神色凝重地討論著什麼的蘿絲瑪麗和絲蘭抬頭瞪了萊特和卡麥兒一眼，顯然兩位教士在這堂課程都沒有學好應該學的東西。

正確的書名應該是──

「是『如何進入地獄，尋找魔鬼指南』。」柯羅翻了個白眼。

兩位獅派的教士聳肩，那些古文字並沒有這麼好學。

萊特湊過去翻看指南的內容，也不顧自己是不是壓縮到了蘿絲瑪麗和絲蘭的空間。

絲蘭想用手杖一把敲在金髮教士的腦袋上，將他傳送至西伯利亞的冰原，可惜被卡麥兒用眼神阻止了。萊特真的很幸運。

「讓我看看……地獄裡的天氣熱嗎？如果被困在地獄裡該怎麼辦？除非你便祕否則別吃地獄裡的蘑菇？」萊特翻著那些老舊泛黃的書頁。

《如何進入地獄，尋找魔鬼指南》是本將各種地獄細節記載得非常詳盡的書，原作者不明，但據說是出自某位瘋癲的男巫之手。傳聞裡男巫為了尋找自己逝去的心愛的寵物倉鼠的亡靈，於是想辦法進了地獄，最後還和倉鼠在地獄裡成婚，再也沒回來……當然，這都只是傳聞而已。

泛黃的書頁上布滿親手用墨水謄寫上的古文字，旁邊還搭配著許多奇形怪狀的圖畫，像是地獄裡會讓人拉肚子的蘑菇。

「喔喔，找到了，是這個吧——如何進入地獄。」萊特隨手翻到了一頁。

老舊的牛皮紙上歪歪斜斜地寫著一堆字，上面羅列著好幾個步驟，旁邊還有幾幅圖畫。

第一幅圖畫是一扇大門。

第二幅圖畫是手上綁著細線的人，手上的細線一路連接到第三幅圖上。

第三幅圖畫是手上同樣綁著細線的人，他的手裡還分別拿著一顆眼珠及一把葵花子。

第四幅圖畫是——鬼魂？

萊特看著第四幅圖。第三幅圖畫裡拿著眼珠和葵花子的人最後疑似是死了，靈魂還從他嘴裡跑了出來。

萊特眼花撩亂地讀了幾個字，只看到最後一行字寫著：注意斷線，否則永遠留下。

「這些到底是什麼意思，奶奶？我們要準備的東西？」萊特問。

「這是我們要進入地獄所需要的元素，大門、引渡者，還有最重要的——旅人。」蘿絲瑪麗一一指著牛皮紙上的圖案，但她沒說明最後一幅圖是什麼意思。

「旅人？」萊特瞇起眼，還是不太確定指南裡的意思。

蘿絲瑪麗抬頭凝視了所有人一眼，她說：「基本上前兩者我們已經具備了，但最後一項還有待商榷。」

「東西都具備了？大門在哪裡？引渡者又在哪裡，我並沒有看到。」格雷不滿地插話，他從剛剛開始就沒搞懂這些男巫和女巫們在做什麼。要不是大學長要求他支援，他才不會留下來。

「你眼睛瞎了嗎，大門和引渡者不是都站在你身邊嗎？」榭汀在這時推著丹鹿走進了辦公室，丹鹿被換上了舒服的新衣服，人正坐在輪椅上沉睡，身上蓋著一件厚厚的毯子，看起來像個睡得正安穩的老爺爺。

丹鹿腳上還躺著一隻慵懶地搖著尾巴的貓。

萊特看著眼前這幅安詳的場景，他猜想等鹿學長年紀大退休之後，八成也會是這種場景吧？被榭汀推著到處看看風景，呼吸新鮮空氣，然後看到他的時候還會用滄桑的聲音跟他說：快救我……萊特……有貓爬上來了。

不過這些場景發生的前提還是他們必須先找到里茲和快樂瑪麗安，然後解決鹿學長身上的問題。

「大門？引渡者？」格雷困惑地前後張望，他的身前和身後分別站著絲蘭和威廉。

「跟外行人解釋真是麻煩，我們應該直接開始，蘿絲瑪麗。」絲蘭翻了個白眼。

「但我們還沒決定旅人的人選。」蘿絲瑪麗說：「靈魂之窗共有兩顆，多點人好辦事，我們有兩個名額可以下去。」

「那就用刪去法吧！」絲蘭爽快地說，他用手杖敲了敲地板：「首先，剔除大門和引渡者，也就是我和威廉，還有我們最先說好的麥子。」

「等等，到底為什麼要先剔除我？不管你們要做什麼，我都有和男教士們一樣的能力可以——」

卡麥兒的話還沒說完，絲蘭用手杖再度敲了一下地板，地板立刻開了個窗口，讓小仙女直接垂直掉落。

窗口闔上，地板又恢復原狀。

「抱歉，如果不送她離開的話，她會一直吵著要去執行任務。」絲蘭臉上毫無罪惡感，他揮揮手，對萊特他們解釋：「別擔心，我只是把她送去了幾公里外的咖啡廳，她就算要搭車回來也需要一段時間。」

蘿絲瑪麗點了點頭表示理解。

「另外還有妳自己，蘿絲瑪麗。」絲蘭又說。

「我？為什麼？」蘿絲瑪麗挑眉，「里茲可是指名了我。」

「妳們這些女人怎麼都一個樣子？」絲蘭一邊皺眉一邊搖頭：「拜託別迫使我也逼妳離開。看看妳自己最近的身體狀況，妳承受不了的。妳去，也許就真的要在那裡和里茲成家立業了，妳和妳肚子裡的東西受得了？」

萊特看向蘿絲瑪麗。

蘿絲瑪麗的面容憔悴，最近的狀況確實是不太好，尤其是在幫他們找到里茲之後，原本稍微恢復的她似乎又病了，絲蘭找她來的時候她甚至還躺在床上休養，滿臉倦容。

蘿絲瑪麗靜默著不說話，絲蘭則是一一點名剩下的人：「所以我們只有四個人選，小鑽石、小烏鴉、榭汀和髮蠟男。」

「我的名字叫格雷！」格雷吼了回去。他明明只用了一點點髮蠟。

「我們只要挑兩個出來就好。」絲蘭忽視格雷，他對蘿絲瑪麗說。

蘿絲瑪麗的手指在《如何進入地獄，尋找魔鬼指南》上不斷敲打，似乎正在仔細思考著該如何選擇。

「讓我去吧。我要找到那傢伙，問出答案，然後把他的靈魂撕成碎片，塞進地獄惡犬的屁——」

「不，你不能去。」蘿絲瑪麗果決地打斷榭汀的話，她搖搖頭，然後對著絲蘭說：「再去掉我的孫子，如果我狀況不好的話，我們會需要他的協助。」

「但是……」

「孫子，要是你有個萬一，我們也無法繼續接下來的計畫，所以你必須留下來。」

「好，有道理。」絲蘭點頭，不讓榭汀有反駁的機會，直接再點名剩下三個：「那麼就剩你們了。」

兩位長輩齊齊看向萊特、柯羅和髮蠟男格雷。

「等、等等，你們到底想要我們做什麼？」格雷還在狀況外。

「我不是說過了，我們需要你們下地獄，真正的地獄。」蘿絲瑪麗說。

「一不小心可能有去無回的那種。」絲蘭補充。

「什麼？」格雷問，然後他皺起眉頭又再問了一次：「什麼?!」

榭汀的辦公室大門在這時被打開來，一條烏洛波羅斯緩慢地爬行而入，自由自在地滑行到蘿絲瑪麗身邊——伊甸讓銅蛇替他送來了兩顆如同珠寶般的玻璃圓球。

蘿絲瑪麗將那漂亮的玻璃圓球拾起，左右仔細翻看起來，那兩顆玻璃圓球裡裹著的東西看起來像是一對眼珠——

不對，那就是一對眼珠。萊特看著蘿絲瑪麗手上那對眼珠，他總覺得那對眼珠莫名眼熟。

「我們的靈魂之窗到了，接下來只需要決定是哪兩個人要帶著靈魂之窗下地獄，就可以準備開始我們的儀式了。」蘿絲瑪麗收起手上的眼珠，她看著眼前的萊特、柯羅和格雷：「現在告訴我，你們誰想要下地獄去？」

身旁的萊特開始躁動的時候，柯羅就有種很不好的預感。

「我！讓我去吧！」萊特舉起手，像個小學生一樣興奮地踮著腳尖。

「你是白痴嗎？」柯羅瞪著萊特，反手往他腹部上拍了一掌：「他們是要你下地獄，又不是要你去迪士尼樂園！」

「但我想去，我這輩子從沒下地獄看過！」萊特說，然後他搭上格雷的肩膀：「你就跟我一起去看看吧，兄弟？」

「誰是你兄弟啊！我才不想去那種地方。」格雷拍掉了萊特的手。

但萊特又不死心地搭上去，直到格雷又拍掉他的手，兩位教士你來我往，差點要打了起來。

柯羅不耐煩地翻了個白眼，他雙手環胸看向蘿絲瑪麗和絲蘭：「你們之前施行過類似的巫術嗎？」

蘿絲瑪麗和絲蘭互看一眼，然後輕描淡寫地帶過：「算是有吧。」

這是什麼答案？柯羅皺著眉頭，他繼續問：「至少告訴我，如果我們下去了，你們有信心帶我們回來嗎？」

蘿絲瑪麗和絲蘭又互看了眼，一個點頭一個搖頭。

到底是有還是沒有？柯羅不滿地嘟著嘴，他看向還在跟格雷打鬧的萊特，無論這兩個名額是誰，萊特一定是其中之一，這是不可能避免的結果。

放萊特一個人在地獄亂跑，就像是把一隻拉布拉多放到高速公路上一樣危險——

柯羅千翻白眼，萬翻白眼，最後他百般不願意地開口：「我知道了，就讓我和萊特一起去，髮蠟男留守。」

「我說了我有名字！」格雷吼道。

「你確定嗎，柯羅？這不是去迪士尼樂園玩……」萊特問道。

「我知道！但總比放你一個人去好吧，髮蠟男又不可靠。」

「喔——柯羅在擔心我嗎？」萊特捧著胸口，眼睛閃亮亮地猛眨著。

柯羅一張臉紅到了耳根子，他凶惡地瞇著眼，出拳就要往對方臉上揍，但被萊特躲掉了。

絲蘭和蘿絲瑪麗無言地望著金髮教士和黑髮男巫。

「他們到底知不知道這件事的嚴重性？」

「我想是不知道。」

一旁的威廉看著打打鬧鬧的萊特和柯羅，異常沉默的他終於開口說話了，他詢問蘿絲瑪麗和絲蘭：「引渡者必須做些什麼事？」

在《如何進入地獄，尋找魔鬼指南》上的圖畫裡，引渡者緊緊地抓著他手上的線，表情看起來相當凝重。威廉的表情也跟著凝重起來。

「你的角色非常重要，威廉，基本上萊特和柯羅的性命都掌握在你手上了。」絲蘭說。

原先打鬧著的萊特和柯羅紛紛安靜下來，他們看向威廉，威廉則是難掩臉上的慌張失措。

「別緊張，我們都會在旁邊監督，幸運的話，他們會順利回來的。」蘿絲瑪麗強調：「幸運的話。」

「但是……」

「雖然結果並不是我們想要的，但當他們說你沒辦法帶回里茲時，你還是把他帶回來了，不是嗎？」萊特對著威廉微笑：「所以不用擔心，你這次也可以辦到的，威廉。」

你可以辦到的，威廉。威廉身上起了雞皮疙瘩，並不是因為覺得萊特肉麻，而是因為萊特的聲音聽起來太熟悉了——當他在帶回里茲時，他聽到的是萊特的聲音嗎？

被萊特勾搭著肩膀的柯羅並沒有對威廉多做表示，他聳肩抖掉萊特的手，抬頭看向蘿絲瑪麗和絲蘭：「現在人選都決定好了，我們還在等什麼呢？」

「你們做好心理準備的話，我們就可以開始了。」蘿絲瑪麗宣布。

在《如何進入地獄，尋找魔鬼指南》中，要進入地獄前有幾個重要步驟需要準備。

步驟一：魔法陣。

進入地獄的第一個步驟，是按照書中的魔法陣，在地上畫個一模一樣的放大版本。絲蘭不知道從哪裡弄來了大量的鹽巴，鹽巴堆積在地上像積雪一樣。他用手杖在上頭畫了一個和指南上一模一樣的魔法陣，並且在周圍擺放上點燃的蠟燭。

——步驟一完成。

步驟二：安置引渡者，並準備好牽引靈魂的「繩索」。

「小心，別動。」榭汀手裡拿著一把金色的大剪刀，「喀嚓」一聲就把威廉一撮漂亮的粉紅色頭髮剪了下來。

「你幹嘛！」威廉心疼地摸了把自己的頭髮，一臉莫名其妙地看著榭汀。

「我們需要牽引靈魂的繩索——也就是你的頭髮。」榭汀說，他將兩根頭髮分別纏到威廉左、右手拇指上，緊緊打了個結。「這很重要，請緊緊地握著繩索，你的左手會牽著萊特，右手會牽著柯羅，一旦你放開了繩索，他們就會有人回不來。」

榭汀緊緊握住威廉的手，像是在要求他將纏在手指上的髮絲握緊。

威廉盯著自己指頭上的髮絲——他可以決定萊特和柯羅回不回得來？

榭汀沒注意到陷入沉默的威廉，他將威廉帶到絲蘭畫好的魔法陣上，讓他跪坐在中心。

——步驟二完成。

步驟三：大門。

「我會站在這裡，支撐著你，然後替小鑽石和小烏鴉打開通往地獄的大門。」絲蘭站在威廉的背後，他的聲音變得稚嫩。

當威廉轉過頭去看時，紫色短髮的男孩就站在他身後，一隻手搭在他肩膀上。

絲蘭不再堅持維持他真實的樣貌，而是以令他最輕鬆的姿態示人，這表示他可能需要用到大量的巫力。

「身為大門，你知道自己完全不能移動，對吧？」榭汀問。

「小貓咪，我和你奶奶知道這個巫術存在的時候，你都還沒出生呢！不用對我指手畫腳。」絲蘭揮揮手讓榭汀離開。

——步驟三完成。

步驟四：確認旅人帶上了他所有的行囊。

萊特和柯羅站在一起，接受蘿絲瑪麗和榭汀的整頓。

「這是里茲的靈魂之窗，他的眼珠。」蘿絲瑪麗將那兩顆被伊甸做成了珠寶的眼珠分別塞進了萊特和柯羅的手裡，嚴肅地看著他們：「傳聞地獄那頭有很多雜七雜八的東西，我不確定你們過去之後究竟會看到什麼景象，里茲甚至可能不會是里茲的模樣。」

「他會變得像披著床單的鬼魂嗎？」萊特問。

「我不知道，但靈魂之窗能幫助你們找到里茲，自己的眼睛最能辨識自己。」蘿絲瑪麗說。

萊特和柯羅舉起靈魂之窗放在眼睛前觀看，透過眼珠，他們什麼也沒看見。

「我們要怎麼用這個？」柯羅問。

「不清楚，指南上只有說這些，至於要怎麼用，等你們下去也許就知道了。」蘿絲瑪麗說。

柯羅無語，他越來越覺得這次的任務異常凶險，那本由戀倉鼠症患者寫成的指南真的可靠嗎？

「這是威廉的髮絲，引渡你們的繩索，千萬別放開這條繩索，它會成為你們找到回來的路的唯一線索。」榭汀在萊特和柯羅的小指上分別纏著威廉的髮絲。

萊特看著手裡的眼珠、小指上的髮絲，他們已經具備了旅人所需的兩樣東西。

「現在就剩一把葵花子了吧？」萊特問。

「不，你是要下地獄和倉鼠結婚嗎？帶什麼葵花子？」

「可、可是指南上的旅人不是抓著把葵花子嗎？」

蘿絲瑪麗搖了搖頭，她伸手將裝飾在頭髮上的髮飾拆了下來，分別別在萊特和柯羅的衣服上。

萊特看著被別在胸前的髮飾，上頭有著精緻的藍色小花，聞起來還有股花香。

「旅人應該帶著三項物品，尋找亡靈的靈魂之窗、指引歸途的繩索，最後，是引誘亡靈的物品。」蘿絲瑪麗確認自己將髮飾好好地別在了萊特和柯羅身上，「帶著我的東西，你們應該可以引誘到里茲遊蕩的靈魂，這會省點力。」

「但為什麼指南上拿的是葵花子呢？」萊特想了想，才發出「喔」的一聲。看來創造了《如何進入地獄，尋找魔鬼指南》的男巫是為了摯愛的倉鼠而下地獄的這件事不一定是傳聞。

「帶著亡靈熟悉的物品，會吸引亡者的注意，讓它們主動接近你們。」蘿絲瑪麗看著萊特和柯羅，她沉聲道：「但這項熟悉的物品包括你們自己本身，所以自己當心點，地獄裡充斥著很多奇怪的亡靈，我們不曉得你們進入地獄後到底還會吸引什麼東西靠近。如果你們真的引來了什麼，請盡量迴避，任何地方都不要多做停留。」

萊特和柯羅乖乖點頭，綁在他們手指上的髮絲幾乎有點太緊。

「進入地獄之後，一切的界線會變得有些模糊，你肚子裡的壞東西可能會變得聒噪且惹人厭，試著忽視牠就好。」蘿絲瑪麗拍了拍柯羅的臉。

「別擔心，我會在旁邊盯著的。」萊特說。

蘿絲瑪麗卻看著他說：「我也希望你們會在彼此身邊。」

「這是什麼意思？」萊特和柯羅瞪大眼，「您的意思是我們下地獄後不一定會在彼此身邊嗎？」

「我不能跟你們保證，畢竟我們沒下去過。」蘿絲瑪麗聳肩，她囑咐道：「要回來的時候，記得拉拉手上的繩索，威廉就會把你們兩人帶回來。你們兩人一起回來，會比單獨回來風險還低，所以盡可能不要落單。」

萊特和柯羅看了眼對方，咕嘟地吞了口唾沫。他們現在才開始緊張的話，會不會太晚呢？

「這真的不是在開玩笑，要是出了一點點小差錯，你們可能都沒辦法回來。」榭汀面色凝重地補充，他看著萊特和柯羅，沒了平常的戲謔，語氣相當認真：「我希望你們都能完好無缺地回來，所以請務必照顧好自己。」

「不管再怎麼說，你還是有點在乎我們的，對吧？」萊特對貓先生眨了個眼。

榭汀對萊特翻了個白眼，但難得地沒說要毒死對方之類的話。

「切記別弄丟你們身上的任何東西，隨便解開繩索你們會回不來，丟失靈魂之窗你們有可能會找不到里茲，至於我的髮飾——」

「也有可能讓我們回不來？」萊特問。

「不，但等你們回來我會殺了你們。」蘿絲瑪麗冷冷地說。不給萊特回應的時間，她拍了拍被他們清空的工作檯。「來吧！要開始了，你們兩個先躺上來。」

「我以為我們要出發了？」柯羅不明就裡地和萊特一起躺到冷冰冰的工作檯上，這讓他們覺得自己像是即將被送進太平間的兩具屍體。

「你們是要出發了。」蘿絲瑪麗說，她抬手向絲蘭打了信號——下地獄的儀式準備開始。

絲蘭燃起了威廉周圍的所有蠟燭，然後站在鹽堆之上，雙手放到了威廉身後。

「別緊張，就像你平常施展巫術時那樣就好，讓它自然發生。」絲蘭對著全身僵硬的威廉說：「我會協助你，讓你知道怎麼做。」

威廉靜默著，他緊緊握著纏在拇指上的髮絲，透過周圍的燭光望向躺在工作檯上的萊特和柯羅，萊特正在和柯羅耳語著什麼。威廉又望向他的教士，他的教士正負責照看著昏迷的丹鹿，一句話都沒跟他說過。

「不知道地獄裡究竟是什麼樣子。」躺在工作檯上的萊特正在對柯羅說，他用手臂擠著柯羅，「你覺得呢？」

「鬼才知道！」柯羅嘖了聲，也用手臂擠著對方，「過去點，別往我這裡擠！」

「別這樣，我想分點我的好運給你啊！」

「夠了，別再打情罵俏了兩位！」榭汀出聲制止擠來擠去的教士與男巫，鄭重地警告他們：「你們要出發了！」

「但躺在這裡實在不太像是要出發的樣子。」萊特說。

「喔，因為要去的並不是你們的肉身，而是你們的靈魂。」蘿絲瑪麗輕描淡寫地說。

「靈魂？」萊特和柯羅同時出聲。這下他們終於弄懂了指南上第四幅畫的意思，那個鬼魂指的原來是他們的靈魂！

在萊特能夠多問任何問題之前，榭汀取出一瓶完全透明的藥水，他用精緻的玻璃滴管小心翼翼地吸起幾滴藥水。

「我叫這瓶藥水『茱麗葉的祕密』，你們知道羅密歐與茱麗葉的故事嗎？」榭汀的聲音從他們頭頂傳來。

萊特和柯羅咕嘟地吞了口口水，每次貓先生提起他的藥水總是沒什麼好事。

「故事最後，茱麗葉服下了假死藥，想等羅密歐來帶她私奔，只可惜羅密歐以為她真的死了。」榭汀一邊說著，一邊扳開他們的嘴，往他們嘴裡滴上一滴藥水。

僅僅是一滴而已，卻讓萊特和柯羅整個口腔都因為苦澀而麻木了，那股麻木還延伸到了他們的喉嚨和胃部。

「雖然我們都知道最後的結局是什麼，但不用擔心，我不會讓你們兩個殉情的。這個藥和茱麗葉服下的藥一樣，只會讓你們暫時進入假死的狀態，好讓我們把你們的靈魂喚出來。」

沒幾秒的時間，榭汀的聲音開始變得既遙遠又模糊，萊特和柯羅紛紛張大眼睛，發現自己全身僵硬無法動彈。

「這會有點難受，因為你們會短暫地死掉一下，但忍一忍，很快就過了。」榭汀將雙手手掌分別放在萊特和柯羅的雙眼，替他們闔上眼皮。

而在萊特和柯倫失去意識之前，最後只聽到貓先生用溫柔的聲音對他們說：「拜託你們了，祝你們好運。還有，千萬別解開你們小指上的繩——」

——一片黑暗。

CHAPTER 7

弟弟

布蘭登一臉恐懼地盯著放在餐桌上的幾個三角形銅盒。

家裡的餐桌上依然堆滿著鬆餅和黏膩的糖漿，只是經過了一整天，鬆餅已經變得乾癟，上頭還有幾隻蒼蠅在飛。

他的家人們圍坐在餐桌旁用刀叉享用鬆餅，完全不顧那些鬆餅是否已經開始腐壞。他們嘴裡除了咀嚼聲，還有痛苦的哭聲，只是當他們臉上帶著微笑時，那些哭聲聽起來就像笑聲一樣。

布蘭登坐在其中，他的視線沒有辦法從桌上的三角形銅盒上移開。幾個小小的銅盒在桌上微微震動著。布蘭登發誓，銅盒裡面一定有什麼，他親眼見到它們在桌上跳了兩下，詭異的笑聲還不斷從銅盒裡傳出來。銅盒的正面有著獅子圖騰，背面則是老鷹的圖騰，中間纏繞著一隻迷你銅蛇，將銅盒密封著。

布蘭登雖然不知道銅盒裡的究竟是什麼，但他本能地感到恐懼。那種恐懼就像晚上睡不著，從棉被裡探出頭來窺視著衣櫃，然後揣測著今晚藏在裡頭的會是什麼怪物的不安感一樣。

銅盒的外殼已經有點鏽蝕，沾染著斑駁的黑色汙漬，扣在外頭的銅蛇看起來已經有點鬆脫，關在裡頭的東西像是隨時都要跑出來似的。

瑞文坐在布蘭登的身旁，他將座椅斜斜地翹著，雙腳放在餐桌上，隨著客廳電視廣告的旋律聲一邊吹著口哨，一邊將手裡的銅盒往上拋、再接住。

布蘭登擔心地想著，如果瑞文失手了，怪物從掉到地上的銅盒裡爬出來的話，會不會一口把他吃了。

「都是朱諾那個傢伙！到底為什麼要站這麼近？」金色的小狼犬從浴室裡跑了出來，甩著皮毛上的水：「害我身上都是那傢伙的血水，洗了好久才洗掉腥味。」

「我警告過你們了。」瑞文笑道，他接住銅盒，將銅盒放回桌上，「朱諾呢？」

「還在浴室裡泡著。」亞森說，他瞥了眼桌上的銅盒。

銅盒又發出了喀喀的聲音，布蘭登發誓自己聽到銅盒裡的東西說了句：放我出去。

「銜蛇家的聚魔盒看起來快撐不住了。」

「畢竟是假貨，還是好幾年前我臨時從教廷偷出來的。」瑞文聳肩，又開始拋接起桌上的銅盒。「如果今天是真貨就沒這個問題了，不曉得自從教廷的那些走狗和銜蛇女巫將真貨從達莉亞身上摘下來之後，達莉亞究竟把它藏去了哪裡？教廷當初還以為是我帶走的呢。」

真貨？假貨？布蘭登還是沒能聽懂男巫們的對話。

「我們需要新的聚魔盒。」

「或更多的同伴，直接替牠們找到適合的新宿主。繼續把牠們關在小盒子裡，牠們會像這些鬆餅一樣爛掉的。」瑞文說，「而且再不快點，教廷就會擁有一個萬用的、全新的聚魔盒——我的小妹快要成熟了，記得嗎？」

「但如果又找到像林區那樣的傢伙怎麼辦？」

瑞文一臉無所謂地聳肩，他對著狼犬指了指自己的皮鞋。布蘭登不確定那是什麼意思。

「無論如何，我們需要更多同伴的加入，亞森，只有我們幾個是不夠的。」

「我明白你的意思，但我還是希望你小心點，要找到忠誠的伙伴並不容易。」

「我不是找到了你嗎？」瑞文對著亞森笑道。

亞森看著瑞文，語重心長地說：「我們之間的關係不一樣，你救了我一命，基本上我已經把我的性命託付給你了，我是最能理解你想法的人，但其他巫族可不一定。」

「別擔心，我就算不被信任，也是他們敵人的敵人，他們最終必須站在我這邊，我們能說服他們的。」

幾秒的靜默之後，亞森無奈地搖了搖頭：「好吧，但你打算怎麼做？」

「別忘了我們有最會主持巫魔會的得力助手，我們可以辦個徵選會之類的？慢慢挑出我們喜歡的人。」瑞文說，然後他轉頭看向布蘭登：「你想不想要加入我們呢？我可以破例讓你參加，甚至是內定——」

瑞文對著布蘭登眨眼。

「你可以挑選你喜歡的使魔，或讓我挑選最適合你的使魔，我們甚至可以組成搭檔四處去冒險！像我以前在黑萊塔工作時那樣——」瑞文興奮地規劃著他與男孩的前景。

「瑞文。」

「只是我們不用再聽從教廷的指令，也不用再聽那些教士的狗屁廢話，更不用擔心自己哪天必須站在異端裁判庭！我們可以永遠在一起，就我們兄弟倆——」

「瑞文！」亞森再次出聲提醒。

瑞文打住話，他看著坐在身旁一臉茫然的布蘭登，那個神似他小弟的男孩眼眶裡溢滿水光。

亞森搖頭，盡量把聲音放輕：「他只是個普通男孩，不是男巫，更不是你的小弟，他是不可能加入我們或擁有使魔的。」

原先侃侃而談的瑞文靜了下來，興奮之情從他臉上褪去，又恢復了先前那番冷酷的姿態。

瑞文就像個陰晴不定的開關一樣，上一秒或許他還很友善，下一秒卻又讓人畏懼。而布蘭登最怕男巫忽然安靜下來的時候。

瑞文凝視著身旁的小男孩的雙眼，雖然和柯羅鮮紅色的瞳膜不同，但那蜂蜜色的雙眼卻和他小弟一樣，倒映著他身影的眼神總是充滿恐懼。

「別試著和七歲的人類小男孩組搭檔，他無法取代你小弟，這點你應該很清楚。」亞森說。

瑞文的靜默令人生畏，布蘭登將自己縮在椅子上，他擔心著男巫是否會像操縱他的家人一樣操縱他；然而男巫只是忽然對著他微笑，然後伸出手，溫柔地揉了揉他的頭髮。

「放心，我很清楚，他不是我真正的小弟。」瑞文雖然看著布蘭登，卻是在回答亞森的話。

布蘭登在瑞文臉上看到了惋惜的表情。有時候男巫露出的某些神情會讓布蘭登誤以為對方並沒有這麼的可怕，但也僅止於那短短的幾秒而已。

桌上的銅盒又在震動，喀啦喀啦地響著，十分惱人。瑞文原本按在布蘭登腦袋上的手往桌面上用力一拍，瞬間止住了所有的噪音。

原先在一旁用餐的家人們也同時靜止了動作，他們像沒人牽線的木偶一樣癱坐在椅子上。

瑞文瞪著桌上的銅盒，屋裡的燈光又開始一滅一亮地閃爍著，外頭已經天黑，但他似乎有能耐將更深的黑暗拉進屋子裡。

「安靜！閉上你們的嘴！不然我就把你們全部吞下肚！」瑞文咬著牙，他用一種很低沉的聲音說道，那古怪的聲音像是從他腹部深處發出來的。

所有的銅盒在瞬間變得乖順，桌面和地板卻仍不停地微微震動著，櫥櫃裡的碗盤甚至掉了下來，砸在地上。

布蘭登驚恐地靠向坐在他身旁的兄長，他緊緊抓著癱坐在椅子上的兄長的衣服，想盡量離男巫遠一點。

「瑞文……瑞文！」亞森變回了人形，娃娃臉的男巫一手用力按在瑞文的肩膀上，「冷靜點！」

整間屋子的震動持續了好長一會兒才停止，瑞文緊緊地握著手上的銅盒，布蘭登幾乎以為他要直接把銅盒捏爛。

「你還好嗎？是不是又需要……用點藥了？」亞森小心翼翼地詢問。

「不，我很好，謝謝。」瑞文花了點時間才將手中的銅盒放下，他轉頭看向亞森，又恢復了先前的笑容。

「或是你應該去休息一下，這邊讓我來處理就好。」亞森看著一地的狼藉，還有癱在座位上、被瑞文整得很慘的一家人。

「不，我也不需要休息……至於這邊的東西，你就放著吧，反正我們已經不需要了。」瑞文意有所指地說。

「明白了。」亞森說。

「很好，你說朱諾在浴室對嗎？」

「對，八成又在窺探他的寵物。」

「那好，我先去看看他，也許能順便探聽看看我真正的小弟在幹嘛。」瑞文起身，他輕拍布蘭登的腦袋，將桌上的銅盒全部收進自己的口袋，最後打了個響指才離開餐廳。

原本癱坐著的一家人又開始動了起來。母親回到廚房用空的平底鍋煎鬆餅，父親則是帶著他的大兒子繼續去客廳看電視，至於最小的那個——

布蘭登坐在位子上和赤裸的亞森面面相覷，亞森嘆了口氣後，將自己變成了人畜無害的小博美犬。

「也許你該上床睡覺了，小朋友。」

萊特就像陷入深眠一樣完全沒了知覺，他不知道自己維持了這個狀態多久，他只知道自己再醒來時，整個人就像是被拽著衣領從水裡拖起一樣。

「我的老天爺！」萊特深吸了口氣，他身體輕飄飄的，腳離地面大概有幾公分的距離，怎麼踏也踏不到地。

唯一牽引著他不讓他像個氣球一樣飄走的，只有牽引在他小指上的那條白色繩索。

萊特盯著他的小指，原本纏在上面的髮絲變成了一條煙霧狀的白色繩索，一路牽連到了跪坐在魔法陣中的威廉手上。

「萊特！」

萊特轉頭，柯羅就在他的身邊，一樣像顆氣球一樣飄浮在空中。他們互相對視著，透過柯羅的身體，萊特幾乎可以看見站在他們身後的榭汀。

「我們變成鬼魂了！」萊特大叫，他伸手試著戳了一下柯羅。

看來靈魂是碰得到靈魂的，因為柯羅往後飄走了一些，卻穿過了站在工作檯旁邊的榭汀。

「哇！這太酷了！」萊特興奮地飄著。

「酷你個大頭！」柯羅試著穩住自己不到處亂飄。

「如何？成功了嗎？」站在他們中間的榭汀問，他正透過萊特的身體看著威廉。

萊特和柯羅也同時看向了魔法陣中間的威廉，威廉正注視著他們倆。

「是……是的，我看到他們了。」威廉緊緊握著綁在他拇指上的繩索，他看起來是在場唯一能看到萊特和柯羅的人。

「很好，他們現在在幹嘛？」

「柯羅站在你身後，萊特正在用手指戳進你的胸口。」喔不，絲蘭也看得見他們。

「住手，萊特。」榭汀瞪著眼前的空氣，他用手掌按著躺在工作檯上的萊特的臉，然後再次警告：「我叫你住手，不然我就一拳揍在你臉上！」

原本正在將手伸進貓先生胸口胡亂攪動的萊特這才把手乖乖地抽了回來。

「既然靈魂已經喚出來了，絲蘭，我們要把握時間，不能讓兩個小孩子的靈魂離開太久，不然他們真的會死掉。」站在柯羅身體旁邊的蘿絲瑪麗對著絲蘭說道。

什、什麼？

萊特和柯羅同時看向蘿絲瑪麗，怎麼沒人提醒他們這件事？

這廂的絲蘭點點頭，他按緊威廉的肩膀：「小青蛙，現在專心點，使用你的巫術，試著進入地獄邊緣，到達你平時打撈亡者的地方。」

威廉聽絲蘭的話照做了，他閉上眼，專心地冥想著，這次他並沒有讓他們等上太久的時間。

當絲蘭感覺到威廉的身體微微震動著，纖細的體腔內發出了低沉的嗡鳴聲時，他知道時候差不多了。

「藉由嗚蟾男巫為媒介，我將打開一扇通往地獄的大門，請將遊蕩在外的靈魂用力往內拉，拉、拉、拉——」絲蘭反覆誦念著，直到威廉張開了他的眼睛。

萊特和柯羅眼睜睜地看著兩隻蒼蠅從威廉的嘴裡飛了出來，然後一路直飛奔到他們身體所在之處，接著沒有意外地爬進了他們的嘴裡。

「嘔！」就在柯羅發出了作嘔聲並且準備要大聲抱怨的時候，一扇詭異的黑門出現在他們和威廉的中間。

「拉、拉、拉！」絲蘭繼續複誦。

瞬間，黑色的大門打開了，裡頭一片黑漆漆的，什麼也看不見，萊特和柯羅小指上的白色繩索一路連接了進去。

「我們——」

萊特和柯羅才互相看了眼對方而已，一股力量忽然猛烈地將他們拉進門內，那股力量又急又快，唰地一聲，他們被整個拉進門後的黑暗之中。

萊特和柯羅一路被往下拖拉，散發著亮光的大門轉眼間變得又遠又小，只剩小小的一個光點，點綴在黑暗裡像顆星辰般。

一片如極光般的詭譎綠光閃現過去，最後小光點甚至消失不見了。

「柯羅！」

萊特試著要拉住身旁的柯羅卻沒能拉住，他們不停地下墜著，直接沉入了一片如同大海般的深黑之中。

「萊特，這裡是地獄邊緣，越過邊緣再往下就是地獄了，抓緊你手上的繩……不要被地獄邊緣裡的人……抓……也不要被伏蘿……發現……牠……可能會……吃掉……你們……」

威廉的聲音在萊特耳邊響起，但聲音斷斷續續的，很快被他所墜入的地獄邊緣給淹沒。

四面八方傳來了各式各樣的哭嚎聲或笑聲，萊特聽得毛骨悚然，在陰冷的黑暗裡幾乎什麼也看不見，他卻可以感覺到這片深黑之中似乎擠滿了「人」，黑暗裡一直有手伸出來試圖抓住他；然而由於他下沉的速度太快，那些手最後都沒能把他抓住。

在這片像是大型暴風雨般的黑暗之中，他就這麼一路被往下拉扯著，而原本還在他身邊的柯羅早已經不見蹤影。

萊特就這麼一路墜落——

此時，遠在黑門之外，榭汀的辦公室裡一片靜默。

榭汀和蘿絲瑪麗一人一個小心翼翼地看顧躺在工作檯上的萊特和柯羅，他們兩個看上去像陷入了沉睡一樣，動也不動地靠在一起。

威廉睜著眼，用他無神的瞳孔直視前方，手裡則是緊緊地握住纏在他拇指上的髮絲。

「如何？他們進去了嗎？發生什麼事了？」忍受不了安靜的格雷發問。

從剛剛開始他就被排除在所有狀況之外，他只看到萊特和柯羅躺上工作檯，喝了藥，接著男巫們開始說一些他完全聽不懂的話。

現在威廉就坐在那裡，絲蘭神色凝重地站在他身後。

「說話啊！」

「你能不能安靜點？」榭汀連抬頭看格雷一眼都沒有，他必須確保萊特的狀態沒有異常，並且隨時準備將對方喚回。

「他們已經進去了，但進去門裡後我就沒辦法管了。」絲蘭說。

「威廉呢？」蘿絲瑪麗問。

「我看到——看到他們沉入地獄邊緣之中，但我已經看不見他們了。」威廉說，他是唯一能看到門後發生的事情的人。他沉浸在自己的世界裡，一片黑暗的地獄邊緣之上，牽連在他手上的兩條繩索沒入了那片黑海之中，萊特和柯羅早已經不見人影。

「那就表示他們順利下去了吧？」蘿絲瑪麗輕輕撫摸過柯羅的額頭。柯羅會選擇跟著萊特下去這件事出乎她意料之外，她確實觀察到柯羅對萊特的態度比以前他對其他的教士來得親近，不過她卻沒想到他們之間的關係緊密到了這種程度。

這到底是好事還是壞事呢？

蘿絲瑪麗看了眼柯羅身旁的萊特，她伸手摸了摸對方亮晶晶的金髮，總覺得那髮色和柔軟的髮質摸起來相當熟悉。

「接下來呢？」格雷又問。

「接下來只能等了。」蘿絲瑪麗說。

「接下來就拜託你安靜，負責顧好我的鹿鹿就好。」榭汀終於願意抬眼瞪了格雷一下。

格雷皺眉，他看向身邊的丹鹿。丹鹿正像個慈祥的老伯伯一樣在輪椅上睡得正熟，讓人想幫他把毛毯蓋好，然後拍拍他的背。

格雷實在不懂這有什麼好看顧的，要幫榭汀注意丹鹿有沒有睡到流口水嗎？他不耐煩地嘆了口氣，在確認了丹鹿的狀況後，他看向自己的男巫，然後浮躁地等待著接下來可能會發生的任何一點動靜。

然而他的輕忽卻讓他錯過了丹鹿眼皮底下不停顫動著的眼珠。

……鹿……丹鹿。

醒醒！

睜開你的眼皮，讓我看看你在做什麼！

朱諾在黑暗裡喊著，他響亮地拍著手，試圖喚醒他的寵物。

但對方毫無反應。

反覆試了幾次無果之後，朱諾終於放棄了，他對著自己說：「醒來。」

朱諾從放滿水的浴缸裡坐起身來，他吸了一大口氣，煩躁地抹掉了自己臉上的水珠，只是他一口氣都還沒呼出來，旁邊的人說話了。

「喔太好了，我還以為你會淹死自己。」

朱諾嚇了一跳，一抬頭就看見瑞文坐在浴缸邊緣翹著二郎腿看他。

「你他媽在這裡多久了！到底想嚇死誰？」

「也沒有很久，大概就五分鐘而已。」

「那已經很久了，你這變態。」朱諾躺進浴缸裡放鬆，倒不是很介意瑞文把他的裸體看了個精光。

「所以你們在施行巫術的時候，外人是淹不死你們的嗎？」

「理論上是如此。」

「你們針蠍家的巫術真的很有意思，你肚子裡的東西也同樣這麼有趣嗎？」瑞文看著朱諾的腹部，針蠍家的「門」都是用刺青紋上去的，這點在巫族間也是相當罕見。

「有機會我會讓你見見牠的，前提是你也要讓我看看你肚子裡有什麼東西，我很好奇是不是真的能有一隻使魔比你小弟肚子裡那隻更凶猛？」朱諾微笑。

瑞文笑而不語，吊足了朱諾的胃口，他岔開話題：「聽說你在窺探你寵物的狀況，結果如何？」

「提到這個我就一肚子火！」朱諾雙手環胸，翹起二郎腿來：「老奶奶大概又動了什麼手腳，我叫不醒他。」

「真可惜，我本來還想問問我的小弟現在在做什麼，我想念他了。」瑞文一臉遺憾。

「只是他可能沒這麼想你。」朱諾刻意調侃瑞文，有那麼一瞬間他看到瑞文眼神一冷，但很快地就收斂了起來。

真是個無可救藥的戀弟狂魔。朱諾有時候還真同情黑萊塔裡的小烏鴉，要是他人還在黑萊塔裡，他或許會跑去警告柯羅：你哥回來了，快跑！跑越遠越好！

只可惜他離開黑萊塔已經很久了，也不是真的這麼富有同情心。

「別胡說八道，我和他是兄弟，血濃於水。」

「我和賽勒也是兄弟，然而我們很有可能會在某天謀殺對方。」朱諾聳肩。

「我和柯羅的關係和你們不一樣。」瑞文堅持。

朱諾一臉不以為然，他靠在浴缸邊上，試探性地詢問：「先別講什麼兄弟家人這種掃興的話題，瑞文，你還有沒有什麼好方法能讓我窺探一下我的寵物在做什麼呢？我可以順便幫你看看柯羅在做什麼。」

「嗯……」瑞文雙手抱胸思考了一下。

「但這次我不要再拿刀刺自己了。」朱諾提醒。

瑞文笑出聲來，他摸索著從外套口袋裡拿出一袋裝有白色藥草的透明袋子：「不需要，這次試試這個吧。」

朱諾瞇眼，他看著那袋東西。

「白鴉葉……我好久沒看到這東西了，用這個不會有點危險嗎？賽勒很討厭這種東西，他從不准任何人帶進巫魔會裡。」

「如果只是一點點，不要緊的。」

「賣毒品的毒販都是這麼說的。」

「如果是這樣的話，教廷裡那些圍繞在我母親身旁的教士都是毒販了。」

「傳聞是真的？教廷曾經想利用白鴉葉控制達莉亞？」

瑞文沒有回答朱諾的話，他將袋子裡的白鴉葉拿了出來，攤在手心上：

「怎麼樣？要冒險試試嗎？」

朱諾盯著瑞文，手指在陶瓷浴缸上敲了兩下。他可不像他的兄弟這麼保守。於是最後他聳聳肩：「有何不可？」

「好，勇於嘗試，我喜歡。」

瑞文將手心上的白鴉葉輕輕一吹，白色的葉子竟然開始冒出星火，並且燃燒了起來。白鴉葉的氣味類似桂花，卻又帶了點焦炭般的酸澀，聞上去略微辛辣的煙霧繚繞在密閉的浴室內。

瑞文捧著顏色不斷在藍綠間交錯的火苗，他看向朱諾：「現在用力深吸一口氣。」

朱諾才剛張開嘴準備吸氣，瑞文捧著火苗的掌心便直接壓上了朱諾的口鼻，並且在他能夠掙扎之前，用力將他壓進了浴缸之內——

CHAPTER 8

靈魂

地獄邊緣像是吐口香糖一樣地把他給吐了出來，這是萊特失去意識前的最後印象。

等萊特再度醒來時，他只覺得腦袋一陣天旋地轉。

「呃……」萊特忍不住發出了難受的呻吟，他覺得自己就像是剛剛被從滾筒洗衣機裡撈出來一樣，整個人只能濕軟無力地癱趴在柔軟的地面上——等等，柔軟的地面？他終於著陸了嗎？

萊特倏地張大雙眼，他盯著臉旁柔軟的草地和花苞嫩芽，然後用手指輕輕地抓了把——竟然是黑色的。

萊特看著指縫間的草葉，再三確認，但無論是雜草或野花，它們確實都是黑色的沒錯，聞起來還有種燒焦的煤炭味。

萊特困惑地坐起身來，自己竟然墜落到了一片全黑的草皮上。他滿臉問號地抬起頭，卻發現在他頭頂之上的不是天空，而是他剛剛一路墜落下來的地方，地獄邊緣。

如果地獄邊緣在他的上方，這表示——地獄到了。

萊特不可思議地看著眼前這一切。看來他順利抵達地獄了，真正的地獄。

萊特起身，他頭頂的地獄邊緣像是一片顛倒過來的大海，幾道像閃電般的詭譎綠光不斷在裡面閃現著，照映出地獄邊緣裡所有亡魂的影子。那些亡魂在地獄邊緣裡悠遊，像魚一樣，而萊特彷彿置身於海底的最深處，只能抬頭觀賞著頭頂這一切既壯觀又恐怖的景象。

看著那些亡魂在地獄邊緣裡像魚群一樣地行動，萊特只覺得自己與它們之間的距離遙不可及，而唯一連接著兩者的，只有他小指上的繩索。他看了眼小指頭，那條像煙霧一樣白白的小細線依然存在，只是變得又薄又細，幾乎快看不見了。

忽然一陣冷風呼嘯而過，差點把萊特吹倒在地，他努力站穩腳步，逡巡周圍想確定自己身在何處；然而放眼望去，四周都是高聳的岩石和長得歪七扭八的樹木，而且每一樣東西都和他腳下踩的草地一樣是黑色的。

看著那異常模糊、像是被人用手抹糊的炭畫似的景象，萊特不禁困惑地想著：這就是地獄嗎？

站在這幅如炭畫般的地獄風景畫裡，萊特發現風明明很大，卻沒有發出任何風聲，而當他走路時，也沒有鞋子在草地上摩擦的噪音。

除了毫無色彩點綴之外，地獄裡竟然連半點聲音也沒有。

「柯羅！」

萊特試圖大聲喊叫，但他的聲音卻像是被空氣吃掉般沉悶。周遭依舊靜悄悄的，連個人影都沒看到。他試著爬上坡地，站到高處觀察整個地理環境，但當他站到制高點之後，放眼望去，卻只看到更多黑色的岩石、樹木和草地。

眼前安靜無聲又死氣沉沉的景象，讓萊特的一顆心急速下沉。

這和他想像的地獄太不一樣了，他原本以為地獄裡可能會到處噴發著絢麗的火山熔岩、充滿被折磨的靈魂尖叫聲，旁邊還有穿著熱褲的魔鬼負責伴舞之類的——然而這片地獄裡什麼也沒有，就只有他一個人，在一片綿延無盡的黑暗之中。

「柯羅！」

萊特再度試著叫了聲，這次他的聲音就像是被悶在枕頭裡一樣，而依舊沒有任何人回應他。

不、不，沒事的，打起精神來。萊特對自己精神喊話，他不死心地一邊繼續喊著，一邊在一片模糊的景象裡兜兜轉轉著尋找柯羅。

但無論萊特走到哪裡，周圍的景色都沒有改變，他很快地就發現自己其實只是在原地打轉。

再多的精神喊話都沒用。萊特不喜歡這種感覺，一股強烈的無力感侵襲了他的全身，他以前從沒有這麼快就感到絕望過。

萊特不喜歡安靜無聲的場合，也不喜歡一點色彩都沒有的地方，更不喜歡只有獨自一人的孤獨感——這個地獄彷彿知道所有他不喜歡的東西，並且無情地將這些他所厭惡的事物完美地在他面前展現出來。

萊特走在黑色草地和岩石上，他的腳步被這股打從心底湧上、令人煩悶的無力感拖得越來越沉重，他必須用盡力氣才能讓自己繼續行走。

這裡什麼人都沒有。

只有你自己而已。

忽然間，不知道是不是出現了幻覺，萊特竟然聽見自己的聲音在這個黑色地獄裡迴盪，並且說出了討人厭的話語。

不，他是最開朗最樂觀的女巫小達人L特，他才不會對自己說這種話，才不會。萊特心想。

他繼續向前走著，但他的腳步太過沉重，到最後彷彿像是被人用鉛塊綁住了腿一樣。這讓萊特疲憊不堪，而且那個迴盪在地獄裡的聲音真的很像他自己——

每個人都離開了，沒有人要你。

「柯羅！你在哪裡？」萊特忽視了那個聲音，他不斷喊著，試著想找到柯羅，然而回應他的，卻還是自己那個討人厭的聲音。

柯羅？

柯羅最後也會離開的。

那個聲音從他身後傳了出來。

就像你父母一樣。

萊特知道停下腳步是個錯誤的決定，但他實在太在意對方最後說的那一句話了；然而當他停下腳步，回頭一看時，身後卻什麼人都沒有。

——就像那個聲音說的一樣，他的身邊真的一個人都沒有。

一旦停下了腳步，萊特就再也沒辦法跨出任何步伐，他看了眼自己的雙腳和雙手，他的腳尖與指尖不知何時竟然也慢慢地開始變黑，並且逐漸侵蝕他的全身。

萊特跪了下來，他的雙腳終於重到走不動了。

你會自己一個人，永遠困在地獄——

那個聲音再度出現。

在這瞬間，湧上來的恐慌淹沒了萊特，他甚至忘了自己原本進入地獄的目的，也忘了柯羅的存在。此時此刻的他只能倒在草地上，然後眼睜睜地看著侵犯著自己指尖的黑色逐步侵蝕他的整個軀體。

他會自己一個人，永遠困在地獄裡。

沒有人會來找他，沒有——

萊特趴在草地上，沉重地闔上眼皮，這讓他錯過了那個從樹林裡漫步而出、逐漸往他靠近的黑色身影……

窗外在下大雨。

這是柯羅張開眼睛時第一件注意到的事，接著他發現自己坐在一個很熟悉的地方——極鴉家族宅邸的餐廳內。

怎麼回事？柯羅記得自己上一秒明明還在地獄邊緣裡瘋狂打轉，怎麼下一秒他人就回到家裡了？

他四處張望。屋外在下雨，餐廳裡瀰漫著一股麵粉和糖漿的香甜氣味，餐桌上則是誇張地疊滿了一堆一堆像是小山一樣的鬆餅。

柯羅愣了一下，因為這個場景似曾相識，即便記憶已經很久遠了，但那些稱不上好的回憶依舊很難遺忘。

「萊特？」柯羅緊張了起來，小心翼翼地從鬆餅堆裡探出頭，他希望不小心製造出這麼多鬆餅的罪魁禍首是萊特。

廚房裡靜悄悄的，沒有半個人在。爐子上的火還沒熄滅，平底鍋裡的鬆餅已經被煎得焦黑，並且不斷冒出黑煙。

空氣裡甜膩的香氣開始參雜了一點燒焦的煤炭味。

聽著平底鍋不斷滋滋作響，柯羅的雙腳不安分地點著地，他不喜歡這種感覺。

「萊特！」柯羅站起身來開始尋找萊特的蹤影。

他還是不懂自己怎麼會跑回家。這中間他錯過了什麼嗎？他昏迷了？萊特把自己帶回家了？但他們本來不是應該要下地獄去……下地獄去……去做什麼呢？

柯羅試著回想這一切，但他的記憶不知為何開始變得模糊，他一時竟然想不起來他們本來究竟應該要做什麼。

柯羅咬牙，握緊了放在西裝大衣口袋裡的拳頭，直到他發現好像有顆圓圓的東西被他握在手心裡。柯羅將手從口袋裡抽出來，正要攤開來查看掌心裡的東西是什麼，卻先瞥見了小指上纏著的白色絲線。

那是什麼？柯羅總覺得自己快要想起來了，但就是差這麼臨門一腳。他皺著眉頭，死死盯著那條白色的絲線。就在他想動手解開小指上的那條奇怪絲線時，他的肚子裡發出了一陣咕嚕咕嚕的叫聲。

「好餓——我好餓——」

柯羅看向自己的腹部，說餓的人並不是他，而是他肚子裡的傢伙。

「蝕？」

「為什麼？為什麼會這麼餓？」

柯羅肚子裡的蝕不斷發出抱怨聲，他第一次聽到牠的語氣如此氣極敗壞。

「你到底做了什麼事？快放我出來！」

「閉嘴！蝕，現在不需要你！」

柯羅瞪著自己的腹部。蝕在裡面非常躁動不安，這並不尋常。他彷彿又回到了剛擁有蝕的那段日子，耳邊盡是蝕不停說話、並試圖引誘他將牠放出去的聲音。

蝕從前很常和柯羅說話，這會讓他異常地浮躁，但這現象在萊特出現之後已經變得非常少見。多話的萊特大概占據了柯羅所有的注意力，讓蝕沒有機會和柯羅說那些垃圾話。

但現在蝕的聲音又回來了，而且比往常都還激烈。

「我好餓——好餓——我需要美酒、佳餚與饗宴——」

「我說了閉嘴！」

「你到底做了什麼？我們到底在哪裡？」蝕低沉的聲音嗡嗡地在柯羅腹部裡響著。

「我們在家裡，你可以閉嘴了嗎？」柯羅吼道。蝕的躁動讓他的腹部一陣絞痛，蝕的聲音也讓他的腦袋發脹，疼痛難耐。

「讓我出去！讓我出去！」蝕繼續喊著。

「啊！」柯羅抱著肚子跪了下來，蝕的掙扎為他帶來了巨大的疼痛，他以前從沒感受過的疼痛。

「你最好立刻讓我出去！柯羅！」牠威脅著。

柯羅痛到臉色發白，他倒在地上，難受地解開了襯衫的鈕釦。使魔在他腹部內亂竄著，爪子劃過他的腹腔，在他的肚皮戳刺出明顯的痕跡，彷彿隨時要割開他的腹部破體而出一樣。

柯羅的腹部痙攣著，蝕帶來的劇痛讓他再也無法忍受，於是他被迫拿出了口紅，顫抖著手在腹部上畫出召喚蝕的大門。

「敲、敲敲門——」柯羅額際上的冷汗滴了下來，他在痛苦中呼喚著。

「讓我出去！」蝕依然狂吼著，牠甚至沒心情跟柯羅玩遊戲。

「你的父親柯羅——」

「讓我出去！」

「命令你出來！」柯羅吼著。

然而室內依然一片安靜。

平底鍋煎焦鬆餅的滋滋作響聲越來越大，蝕卻始終沒有爬出柯羅的腹部，而原因似乎不在於牠不想出來，而是牠根本出不來。

「搞什麼？你到底在搞什麼，柯羅？」蝕的聲音越來越憤怒了。

柯羅盯著自己的腹部，他也不清楚這一切究竟是怎麼回事。蝕為他帶來的疼痛越來越強烈，最後難受到他不得不抱著肚子蜷縮在地板上開始哭泣。

「我們根本不在家裡，對不對？」蝕說。

「我不知道！」柯羅已經沒辦法思考了。

「這裡根本不是家，我很餓，又困在你體內吃不了東西，你……你是不是把我帶進地獄了，柯羅？」蝕的聲音沉了下來。

地獄？他們在地獄裡嗎？

被提醒的柯羅困惑地抬起眼，但正當他的思緒稍微清楚點時，他從餐廳門口的門縫之下看到了有陰影走過。

「萊特？」柯羅第一個想到的人是萊特。

「——柯羅？」

但回應他的卻不是萊特的聲音，而是一個稚嫩的少年嗓音。

「柯羅，你在哪裡？」

柯羅記得這個聲音，這個聲音他怎麼樣也忘不了——

「瑞文？」柯羅透過門縫看著停留在門口的陰影。

「柯羅？你在裡面嗎？」

「我——」

柯羅正要爬起來時，門外傳來了高跟鞋踩踏在地板上的聲音，又急又快。

「媽咪要來了，柯羅，躲好！」少年的聲音急促又驚慌，他的陰影再度從門外跑開。

柯羅死死地盯著門下的縫隙，下一秒，他只聽到高跟鞋踩踏在地板上的聲音停留在門口，一道陰影籠罩在門後，這讓他不自覺地屏住呼吸，僵硬地趴在原地不敢動彈。

接著，柯羅看到餐廳大門的門把被輕輕轉了一圈，站在門外的人似乎即將要開門而入。

「不，媽咪，柯羅不在裡面。」少年的聲音再度從門外傳來。

門把停止轉動，柯羅屏息聆聽著門外的一切動靜。在幾秒鐘的寧靜片刻後，高跟鞋再度發出了聲音，她離開了門口，卻是往另一個方向前進。

「你把他藏在哪裡？」女人說。

「我沒有把他藏起來，媽咪！」少年慌張否認。

「你有！一定是你把他藏起來了！」女人瘋狂尖叫。

下一秒，柯羅聽見了激烈的碰撞聲，有什麼東西被摔到了地上，然後少年開始哭喊：「不！媽咪不要——」

接著又是一陣安靜，少年沒有再繼續發出哭喊聲，取而代之的是女人的啜泣聲，還有少年不斷掙扎以及幾乎窒息的聲音。

柯羅覺得自己不能呼吸了，他的喉嚨像是被人用手指用力掐住了一樣。

「住、住手！」

柯羅從地上爬起，他試圖開門去阻止門外另一端發生的事；然而，當他打開門衝出去之後，卻再度摔在地板上。他抬頭一看，自己依舊在餐廳的地板上，眼前的大門仍然緊掩著，而門外的另一端上演著相同的情景——少年到來，出聲叫他躲起，高跟鞋的聲音出現，兩人爭吵，女人將少年壓在地上狠狠地掐住他的脖子。

柯羅再度爬起來打開大門，然後再度摔倒。

不知道第幾次的循環之後，柯羅摔倒在地，他痛苦地蜷縮起來，聽著門外的掙扎聲，耳際又再度傳來蝕的怒吼聲。

「我好餓，放我出去！快放我出去！」蝕的音量震耳欲聾，幾乎快把柯羅逼瘋了，即便他遮住雙耳都沒有用。「你把我們困在地獄裡了，你這個蠢蛋！我們要一輩子困在這裡了！」

門外女人的哭泣聲越來越大，少年掙扎的聲音也越來越大，柯羅卻只能緊緊地抱著腦袋蜷縮在地板上啜泣。

不、不、不──這到底是怎麼回事？誰？誰快來救救他！

蘿絲瑪麗看著柯羅一片慘白的臉，她輕輕將手掌貼了上去，柯羅的臉頰十分冰冷。

「蘿絲瑪麗，我覺得他們不太對勁。」一旁的榭汀正按著萊特的手腕檢查他的狀況。

在他讓萊特和柯羅飲用茱麗葉的祕密進入假死狀態，並且讓絲蘭和威廉順利地拉出他們的靈魂推下地獄之後，他們的身體照理來說應該要逐漸復甦，恢復正常狀態；然而此刻兩人的脈搏和呼吸卻都顯得異常混亂，臉色也很糟。

「萊特的臉色看起來跟死掉了一樣，這是正常的嗎？」格雷雙手抱胸詢問。

「不，當然不是。」絲蘭冷冷地瞪向說著廢話的格雷。要不是因為萊特他們隨時會回來，他現在沒辦法離開魔法陣，不然他會立刻走過去將格雷送去西伯利亞的冰原。

「身體出現這樣的反應，表示他們的靈魂在受苦。」蘿絲瑪麗說，她擦去柯羅額際上冒出的冷汗。

「受苦？」格雷皺起眉頭。

「他們去的可是地獄，不是迪士尼樂園。」絲蘭說：「地獄是個難搞又古怪的地方，靈魂受到折磨是理所當然的吧？它總不會邀請靈魂去搭雲霄飛車或和米老鼠合照……我聽說它會讓你因為生前的事而受折磨。」

「生前的事？」榭汀看著他負責的萊特，萊特的臉色真的很差：「有什麼事情會讓這傢伙受到折磨？他可是個教士，還是那種就算今天踩到狗屎他都能笑自己走狗屎運的傢伙。」

「也許他正在地獄裡聽勞倫斯說那些鷹派的狗屁禮儀和規矩。」絲蘭聳肩。

「對我們的大主教和鷹派教規放尊重點，男巫！」格雷喝斥。

「這傢伙到底在這裡幹嘛？不能把他送出去嗎？看了礙眼。」絲蘭問。

「你！」

「不，絲蘭，他要負責照顧丹鹿。」榭汀打斷他們的對話，他看了眼丹鹿，一切看起來還算正常。

「那傢伙沒人顧也不會怎樣的。」

「你們安靜點，讓我們專心在他們身上。」蘿絲瑪麗打斷了教士和男巫們的對話，因為躺在工作檯上的柯羅和萊特看上去越來越痛苦了。

「他們不會死掉吧？男巫和女巫，你們到底能不能搞定？」就連格雷也開始注意到事情有些不對勁。

「我……我覺得我們之間的聯繫越來越微弱了。」威廉出聲，他兩手緊緊握著自己的髮絲，指節因為過度用力而泛白。

「我希望他們不是迷失在地獄裡了。」絲蘭說。

「不，再繼續這樣下去不行，如果他們回不來就糟了，我們必須想點辦法。」榭汀站直身體。

「據說刺激現實生活中的身體會影響靈魂，這只是個理論，不過——」蘿絲瑪麗看向自己的孫子。還沒等她提議，她孫子已經撈起了兩邊的袖子，然後爬到萊特身上。

「威廉！拉一下你手上的繩索。」榭汀命令道。

「你要做什麼？」威廉看著坐在萊特身上的榭汀。

「做就對了！」

榭汀一聲令下，在威廉拉了拉繩索之後——「清醒點！萊特！」他很不客氣地一巴掌用力甩到了萊特的臉上。

「啪！啪！」

被包裹在一片黑暗之中的萊特感覺到有人正用手掌使勁地拍著他的臉頰，想把他從自我厭惡和極度沮喪的情緒裡拍醒似的，還用一種很輕柔的語氣對他說道——

「醒醒，小寶貝。」

小寶貝？

除了上一次想騙他購買儲蓄險的保險業務員之外，萊特已經不知道多久沒聽到人家喊他寶貝了。

「起床了，別睡懶覺，再睡下去你會回不了家的。」那是個女性的聲音，輕輕柔柔的，聽起來有點耳熟。

地獄裡出現聲音了？

萊特因為臉頰上的刺痛而稍微清醒過來，他努力睜開眼睛，想看清楚拍著他臉頰的人究竟是誰；然而當眼前的人影逐漸在他眼前浮現時，他心跳忍不住漏跳了一拍。

萊特也不確定自己是不是出現幻覺了，在他面前，一個長髮的女人正和他用同樣的姿勢趴在黑色的草地上，但問題是女人的整個形體和外表都是黑色而且模糊的，雖然大致可以看清楚她的身形輪廓，卻看不見她的五官、髮色及膚色。

女人就像是個有形體的影子。

蘿絲瑪麗曾經說過，地獄裡充斥著很多奇怪的亡靈，他們本身可能會吸引什麼詭異的東西靠近，所以如果他們真的引來了什麼，都應該要盡量迴避。

然而萊特現在正和奇怪的亡靈面對面，甚至可以說是臉貼臉了。

「就是這樣，小寶貝，快醒醒……」女性亡靈繼續說著，她還伸出了一片漆黑的手放在萊特的腦袋上輕輕撫摸。

萊特應該要聽從蘿絲瑪麗的話站起來迅速逃離，萬一對方是個想將他拉入地獄深淵的惡靈該怎麼辦？

然而理智上想歸想，萊特卻還是趴在原地沒有動作，因為亡靈撫摸他的動作太過輕柔，實在不像什麼地獄惡靈——她聞起來甚至沒有草地散發出來的那種焦炭味，而是一種很溫暖的花香。

萊特覺得他聞過這個味道，問題是在哪裡聞過的？

「妳……妳是誰？」萊特傻愣愣地詢問。

亡靈發出了笑聲，萊特看不見她的表情，但他很肯定她正在笑。她並沒有回答萊特的問題，而是提醒他：「你該醒來了，別陷在地獄裡，會被吞掉的。」

「我……噢！」萊特摀住臉頰，不知道為什麼他的臉頰忽然間跟燒起來似地一樣疼痛，「抱歉，我不知道發生了什麼事。」

「我看得出來，畢竟你本來就不該出現在這裡。」亡靈說。

「妳知道我是誰？」萊特的思緒還有點混亂。

「當然了，小寶貝。」亡靈又發出了笑聲。

對方的聲音實在太過耳熟，萊特總覺得自己快想起對方是誰了，卻又怎麼樣都想不起來——這時，他們正上方的地獄邊緣忽然有一陣強烈的亮光閃現，這次還伴隨著轟轟雷聲以及亡靈的哭叫聲。

萊特的小指被一股力量拉起，強烈得讓他感受到了疼痛。他看著自己的小指頭，上面的白色絲線重新變得顯眼。

貓先生說過，他們絕對不能解開這條救命繩索，因為——

「我想起來了！」萊特倏地張大了眼，他忽然想起他在這裡的原因，「我是下來找人的！柯羅也跟著我一起下來了！」

「太好了，你想起來了呢，還好不是因為什麼奇怪的原因死掉而下來的。」亡靈自顧自地說著，萊特幾乎在她臉上看到了微笑，「雖然為了找人而下來也是非常魯莽的一件事，不過我能怪誰呢？這或許就是家族遺傳吧？」

亡靈的面容似乎越來越清晰了。

「妳到底是誰……噢、噢！」萊特覺得自己的臉和手指越來越痛了。

「看來有人很需要你，你必須趕緊站起來了。」亡靈說，她原本撫摸著萊特頭髮的手指滑到了他的臉頰上，並且輕輕地捧住了他的臉。

「我知道，可是——」萊特有股想和眼前的亡靈停留在原地的衝動。

「不，你不能待在這裡，你還有任務要完成。」亡靈像是猜透了萊特的心思，她輕拍他的臉頰，提醒他：「而且柯羅也在等你，他陷得太深了……你必須快點找到他，不然她……很著急……」

「誰？」

彷彿在提醒萊特時間緊迫，地獄邊緣的雷聲持續轟隆作響，還有越來越大聲的趨勢。

「我很抱歉我沒能像其他……那樣親自……賜予你禮物……你本來應該值得最好的……」亡靈的聲音在雷聲中斷斷續續的。

萊特對著亡靈喊道：「什麼？我沒聽清楚。」

「或許……還在你父親所葬之地遊蕩……去找找……」亡靈只是繼續說著。

萊特想問清楚亡靈究竟在說什麼，但他的臉越來越疼，手指也幾乎快被折斷了。他對著抬頭看了眼地獄邊緣，綠色的亮光乍現，巨大的使魔在裡頭悠遊著，他認出了那是威廉的使魔伏蘿。

不知道伏蘿是不是發現了他們的蹤跡。

「我真的很高興能再次見到你……小寶貝……但現在還不是……團聚的時候。」亡靈的五官輪廓逐漸浮現出來，萊特看見她真的在對他微笑，對方是個很美的女人。

「等等！」

「這是我們現在唯一能……做的事……」亡靈靠了過來，並且在萊特的額際上落下一個親吻，那是一個很溫柔的親吻。

萊特看著亡靈，亡靈有著一頭和他髮色一樣的長髮。緊接著她站起身，對萊特伸出了手。

「現在站起來……跟隨她的……指示……」

萊特沒有猶豫地將手交付給對方的同時，他被一股力量用力地拉了起來，而這一拉把他身上那股沉重的孤獨感和無力感都拉掉了。

「——你可以辦到的。」

萊特最後只聽到亡靈這麼說，當他穩穩地站起之後，亡靈也瞬間從他眼前消失不見。

CHAPTER 9

亡靈亂舞

他剛剛——是昏倒然後做了個夢嗎？

雷聲依然在地獄邊緣裡轟隆隆地作響著，幾陣狂風颳過，讓萊特不得不抬起手護在臉前；只是當他放下手之後，黑色的樹林和草地已經不見了，取而代之的是綿延無盡的黑色沙漠。

萊特看著一片空蕩蕩的黑色沙漠，冷冽的暴風揚起漫天黑沙，把一切的景色弄得模糊不堪，他的周圍除了沙丘之外什麼都沒有。

這片地獄就像是想磨耗他的心智，讓他放棄所有動力似的，不停給予他無盡的絕望。

一望無際的黑色沙漠讓一切看起來更糟了，不過這次萊特卻沒這麼輕易地被那股急湧上來的孤獨感給淹沒。不管剛剛發生的一切是不是夢，他手裡都還有那名既陌生又熟悉的女性亡靈拉起他時的觸感，身上也隱隱約約地縈繞著對方的香氣，這不知道為什麼給了萊特一點支撐，讓他感到沒這麼孤單了。

萊特努力地站在暴風之中，並試著在黑色的狂沙裡前進，而就在他抬頭確認四周狀況的同時，他可以肯定地說剛剛那一切都不是夢，因為這時又有另一個亡靈出現在他的面前。

萊特看著遠處的模糊身影，就和他先前看到的女性亡靈一樣，那個影子看上去相當模糊，只能隱隱約約地看出輪廓。

陌生的亡靈有一頭如黑色瀑布般的長髮，她的身形挺直，高貴又優雅。她站在那裡，似乎在等待萊特。

萊特想起了剛才的亡靈告訴他的話——跟隨「她」的指示。

眼前的她就是「她」？

眼下也沒有其他選項，萊特在暴風中艱困地邁開步伐，往那個陌生亡靈的方向前進。只是不知為何，他走得越近，亡靈就離得越遠，彷彿他就算用盡了全力也無法追上她。

萊特的身心都在叫囂著要放棄，但他還是咬著牙不斷往前走，不停在心裡對自己說：我可以辦得到的，我可以的。

就像那位女性亡靈對他說的一樣。

快到了，你可以的。

醇厚的女性嗓音出現在萊特耳邊，他抬頭，發現原本還站在遠處的陌生亡靈不知何時竟然出現在他的面前，並且伸手指著前方的某處。

高聳的沙丘之中，有道門隱隱約約鑲在裡面，幾乎快要被黑沙淹沒，只有微微的亮光從門縫裡透了出來。

萊特看著那扇門，又望向身旁的亡靈。亡靈那頭黑色瀑布般的長髮，以及她的站姿和體態，在近看之後一切都是這麼地熟悉。

身為一個資深的女巫小達人，就算只有剪影，萊特也不會認錯對方。

「——達莉亞？」

萊特試探性地喊了聲，但轟隆隆的雷聲和暴風蓋過了他的聲音，亡靈也沒有回應他，只是默默地再度伸手指向那道即將被黑沙掩蓋住的門扉。

萊特有好多話想問對方，但黑色亡靈的身影相當模糊，彷彿下一秒也即將隨著暴風和黑沙消失在他面前。知道自己可能沒有多少時間，萊特琢磨了兩秒，最後在狂風中向對方喊著：「別擔心，我會照顧好他的。」

黑色的亡靈默默地凝視著他，最後她伸出手來，捧住他的臉，輕輕湊到他臉頰上做出了親吻的動作。

大女巫達莉亞生前也時常對她的那些小粉絲們做出如此友善的動作。

錯不了，眼前的亡靈是——

一陣強風颳過，黑色亡靈在萊特面前消散了。

萊特紅著臉撫摸著自己被親過的臉頰，激動到不能自已，但現在真的不是犯花痴和大聲尖叫並且到處通知親朋好友的時候。

萊特看向快被黑沙淹沒的門扉，他繼續邁力地往前走著，跌倒了也必須用盡所有的力氣再爬起來，他不能辜負她們的幫助。

最後萊特幾乎是用爬的爬了過去，終於，他如願碰到了那扇散發著微光的門扉。

暴風中，萊特開始撥著沙，試圖找出門扉的門把——

柯羅顫抖著手試圖碰觸門把，門外的少年再度說了那句讓他感到極度痛苦的話。

「媽咪要來了，柯羅，躲好！」

接著又是高跟鞋踩踏在地板上的聲音。

「不，媽咪，柯羅不在裡面。」

這已經是第幾次了？柯羅緊緊抱著腹部蜷縮在地板上，蝕在他的腹部內大鬧著、讓他痛苦不堪的同時，門外發生的事更讓他痛不欲生。

「你把他藏在哪裡？」女人尖叫著。

「我沒有把他藏起來，媽咪！」少年否認。

「你有！一定是你把他藏起來了！」

然後是碰撞聲、少年的掙扎聲和窒息聲，手指掐緊了脖子的聲音。

不不不不不——他必須開門去救他。

柯羅不斷爬起，試圖打開門去拯救少年，但門打開後永遠是相同的場景，他不斷地在同一個地方跌倒，無法避免。

「不要白費力氣了！你救不了他的！快放我出去！」蝕持續地在柯羅腹部內反覆嘶吼。

所有的聲音都將柯羅逼向瘋狂，他抱著腦袋縮在地板上，像是希望自己能融進地板裡似的。

他想放棄一切，只要能讓他周遭的這些聲音都停止，他願意放棄一切，包括性命——

柯羅貼在地板上，就在他近乎癱軟地要迎接另一個循環之前，門外傳來了小小的一聲呼喚：「柯羅？」

那不是來自少年或女人的聲音，而是柯羅天天都能聽到的聲音。

柯羅從地上爬起，他看著眼前的門扉，這次門把再次轉動起來，不過並沒有停住，門還被推開了一條小小的縫隙。

黑色的細沙從門外流了進來，然後幾根手指掙扎著伸了進來。

「幫個忙，門卡住了。」萊特的聲音這次又清楚又明亮地從門縫裡傳了進來。

柯羅足足愣了好幾秒才有反應，他擦乾眼淚從地上爬起，再次試著打開門扉，只是這次他不再跌進門裡，因為挾帶著一堆黑沙的萊特跌了進來。

萊特撞翻了柯羅，兩人都被埋進了大量湧入的黑沙裡，然後散亂地倒在餐廳的地板上。

「柯羅！」萊特先從黑沙裡探頭，他興奮地將柯羅從黑沙裡挖出來。

「萊特……」柯羅傻愣愣地盯著萊特看，好像他是幻覺一樣。

「我找到你了！」萊特開心地抱住柯羅，「即使是在地獄裡我還是可以找到你！我是不是很棒？」

記憶在瞬間湧回，柯羅的思緒變得清晰且明確，他記起了他現在為什麼會處在如此奇怪的情境裡。

「里茲！我們是下地獄來找里茲的！然後我們在地獄邊緣裡分散了……」柯羅喊出聲來，第一次沒有推拒萊特的擁抱，因為他正忙著恍然大悟。

「對！」萊特開心地喊著，他左右翻看著柯羅，在確認對方沒事後才稍微鬆了口氣。接著他注意到他們竟然正在極鴉宅邸的餐廳裡，餐桌上還擺滿堆疊成小山的鬆餅。

柯羅剛剛都經歷了什麼呢？萊特困惑地歪著腦袋。

「你還好嗎，柯羅？」

「我、我還好？」

清醒過來之後，柯羅發現自己身上的痛楚稍微消退了，腹中蝕的聲音也被壓制了下去。門後的另一端不再是那無止境的惡夢，讓他鬆了口氣。

「你是怎麼找到我的？」

「這件事說起來很神奇，我得到了兩位女士的幫助！」萊特急於想和柯羅分享他剛剛的所見所聞，窗外卻不斷傳來來自地獄邊緣的雷聲，而且這次雷聲幾乎近到了耳邊。

兩個人摀起耳朵的同時，萊特的臉頰又傳來一陣刺痛，熱辣辣的痛覺刺刺麻麻地爬滿他的右臉，不知道是不是他的錯覺，但他的臉好像腫起來了。

難不成他對地獄和亡靈過敏嗎？

「我的小指頭好痛。」柯羅按著自己的手。

巧合的是，萊特的小指也痛得要命。他們紛紛看向自己的手指，那條白色的救命繩索變得清晰而明顯，像是要提醒他們它的存在似的，緊緊地纏住了他們小指上的皮肉。

「我覺得我們時間不多了，這可能是貓先生在提醒我們。」萊特歪頭說。

「我們花了太多時間被困在這裡，現在要趕快找出里茲。」柯羅說。

「先放我出去再說！」蝕發出了怒吼聲。

萊特看向柯羅的腹部。因為在地獄裡，他竟然也能聽到蝕的聲音。

「他們把我們弄進地獄時，似乎也把這傢伙一起帶進來了，牠現在困在我的肚子裡出不去，還一直吵著很餓。」柯羅解釋。

被困住出不去？很餓？聽起來蝕也被困在了自己的地獄裡。萊特心想。

「但蘿絲瑪麗說過不要管牠就好，現在我們首先要做的是想想該怎麼找到里茲。」

「對，找出里茲、找出里茲……」彷彿是在提醒自己不要忘記一樣，萊特一邊喃喃念著，一邊開始摸索自己身上的東西。

他們從上面帶下來的東西除了蝕之外，還有當初蘿絲瑪麗交代他們千萬不能弄丟的兩樣東西——蘿絲瑪麗的髮飾和里茲的靈魂之窗。

「你有概念這東西要怎麼用嗎？」柯羅也神奇地從自己身上摸索出被他遺忘的髮飾和靈魂之窗，這兩樣東西似乎只有在他們記得它們的存在時才會出現。

「完全沒有概念。」萊特聳聳肩，他將髮飾從自己衣服上取下，然後美美地別在了自己的頭髮上，就在最顯眼的髮側邊上。

「那是這樣用的嗎？」柯羅瞪著萊特，對方把他的手上的髮飾也拿去別在頭髮上了。

「不然髮飾還能做什麼用？蘿絲瑪麗說過這可以用來吸引里茲的亡靈，我現在可能就只差一件漂亮的禮服、一首歌和一支舞就能吸引他靠近。」

「你是認真的嗎？」

「當然！」就在萊特認真地考慮自己是不是應該像迪○尼公主一樣衝出門，一邊飆著高音，一邊用魔法在地獄裡建立出屬於自己的冰雪城堡時，窗外忽然出現了動靜。

幾個人影從窗外一一冒出，在房外窺伺著他們。

蘿絲瑪麗——蘿絲瑪麗——

細碎的聲音從四面八方傳了進來，那些人影窸窸窣窣地呼喚著蘿絲瑪麗的名字，幾隻黑色的手從塞滿門縫的黑沙裡竄了出來，打算鑽進屋內。

萊特和柯羅的第一個反應就是衝過去擋住房門。

當那些手碰到了萊特的身體時，一陣雞皮疙瘩爬上了他的頸子。和他先前所遇到的兩位亡靈不同，這些尋找著蘿絲瑪麗的黑色亡靈給他一種絕非善類的感覺，讓他毛骨悚然，它們身上散發的焦炭氣味也讓人難以忍受。

「我、我沒想到髮飾有這麼大的功效。」萊特緊緊抵著房門。

「蘿絲瑪麗過去到底是結了多少仇家啊？為什麼吸引來了這麼多東西！」

柯羅跟著抵住不斷被撞開的房門。

他們花了好大一番工夫才將門重新關上，但這時窗戶也開始傳來拍打聲，更多的亡靈想要闖進屋內。

「再這樣下去不行，我們還沒找到里茲就會先被這些亡靈淹沒。」柯羅氣喘吁吁地說道。

「往好處想，里茲可能在這群亡靈之中？」

「這要怎麼分辨啊？它們看起來全都像焦炭一樣。」

「這倒是。」萊特看著成群的黑色亡靈，然後想起了他們還帶來了另一樣東西。他打開原本緊緊握起的手掌，靈魂之窗正在他掌心裡微微發光。

「蘿絲瑪麗說過，靈魂之窗可以幫助我們找到里茲！」

「對，但還是老問題，該怎麼使用？」

萊特左右翻看掌心裡的靈魂之窗，放在臉上胡亂蹭著，還把它擺到眼睛前試著當望遠鏡一樣使用。

「你以為能把它塞進自己的臉裡當眼珠使用嗎？」實在看不過去萊特的笨拙動作，柯羅解釋：「它一定和聚魔盒一樣有什麼特殊的使用方法！你拿來，我來試——」

就在柯羅伸手準備搶過萊特手上的靈魂之窗時，他不小心用手指戳到了萊特的手。正在把靈魂之窗放在右眼前擺弄的萊特，就這麼不小心把靈魂之窗戳進了自己的眼球裡，毫不費力。

「啊啊啊啊啊啊——」

「喔喔喔喔喔喔——」

還真的可以塞進眼睛裡！

兩個人同時大叫出聲，萊特緊張地摸著自己的右眼，靈魂之窗撞掉了他的眼珠，可是他並沒有感覺到任何不適，唯一有變化的是眼前的景象。

地板開始長出青綠色的雜草，牆壁上還冒出了花朵和樹木，整棟房子像融化似地消失在如夢似幻的景色裡，唯一不變的只有他們頭頂上波瀾壯闊的地獄邊緣。

「到底怎麼了？」

柯羅緊張地看著滿臉震驚的萊特，他還以為是萊特的眼睛怎麼了。正當他試著要伸手摘掉他右眼上的靈魂之窗時，萊特反手抓住了他的手臂。

「幹嘛？」

沒有遲疑，萊特竟然搶過了柯羅手上另一顆靈魂之窗，然後咚地一下也把那顆靈魂之窗戳進了柯羅的左眼。

「你他媽到底在做什——」柯羅摸著自己的左眼正準備大叫，卻發現自己眼前的景象也變了——他們竟然已經不在那個堆滿鬆餅的可怕餐廳裡了。

柯羅一眼望去，他和萊特正站在一個開滿漂亮藍色小花的花園裡，這個奇怪的花園還不斷冒出成雙成對的蝴蝶在四處飛舞，樹幹上也站著一對一對的小鳥，牠們親密地靠在一起，歌聲嘹亮地鳴叫著。

——什麼？這是怎麼回事？

萊特和柯羅的腦袋運轉速度跟不上地獄的急遽變化。比起地獄，他們更像是身處在浪漫愛情電影裡的場景。

萊特和柯羅不明所以地環顧著圍繞他們的蝴蝶和小鳥，地獄邊緣下方甚至還有一道大大的彩虹掛在那裡。

原本打算破門而入的黑色亡靈也瞬間消失，取而代之的是一對對粉紅色的亡靈，它們對萊特和柯羅完全視若無睹，成雙成對地依偎在草地上，然後發出——呃，很令人害羞的聲音？

萊特考慮著他究竟需不需要遮住柯羅的耳朵，但還好柯羅正忙著弄清楚眼前的狀況，沒注意到那一對對粉紅色小情侶亡靈們發出的噪音。

「到底發生了什麼事？」柯羅不可置信地問。

為什麼戴上靈魂之窗後，他們就從恐怖深淵來到了粉紅色的愛侶樂園呢？被圍繞在各式各樣的小情侶中間的萊特和柯羅無所適從地四處張望，直到有個傢伙一路從山坡下朝著萊特奔來，並且戲劇性地喊著：「蘿——絲——瑪——麗——」

就在萊特甩著他頭上漂亮的花朵髮飾和閃亮亮的金髮轉過頭時，那個綠髮的年輕男巫拉住了他的手臂，將他旋轉一圈後擁入強壯的臂膀裡。

一旁的柯羅因為看傻了眼而沒有動作。

而這時他們身旁的樹木開始抖起樹葉來，美麗的黃色落葉如雨點般落下，花園裡的蝴蝶開始成對飛舞，鳥兒也鳴唱起來，現在只差一首動聽的情歌和一個吻，抱在一起的兩個人就可以完成浪漫美好的一幕經典。

「妳來了！妳最後還是為了我來了！妳——」

「等等等等等等等等等……等等！」

萊特大叫著掐住了那個準備將臉湊到他嘴上親吻的傢伙，迅速伸腿絆住對方的腳，再扯著對方的手臂旋轉一圈之後，「砰」地用十字固定將人壓制在地上。

「痛！痛痛痛……」綠髮的年輕男人躺在地上大叫著。

「抱歉，反射動作。」萊特依然壓制著對方，然後他看向柯羅解釋道：「不是我自滿，但我小時候長得滿漂亮的，遇到過不少變態，所以就發展出了這麼強烈的防衛機制。」

柯羅無話可說，畢竟他以前也曾經吃過萊特的苦頭。

「放開我！快放開我！」年輕男人繼續痛苦地大叫著。

萊特和柯羅對看了一眼，直到柯羅點頭，萊特才將對方放開。他們看著這個忽然衝上來的傢伙慢吞吞地站起身來，一邊撥掉身上的花草，一邊可憐兮兮地擦著眼淚，然後緩緩地轉過頭來。

在對方原本因為莫名其妙的柔焦光而模糊不清的五官逐漸聚焦成形時，萊特他們和男人對上了眼，並且在下一秒紛紛瞪大了眼睛。

「你不是蘿絲瑪麗！你是那個害死我的金髮教士！」

「里茲！」萊特和柯羅同時喊出聲。

萊特和柯羅很確信眼前的男人就是里茲。

雖然這個傢伙的身形看起來比他們所見過的里茲更為挺拔，臉蛋也更加的年輕英俊，他嘴唇上那個愚蠢花俏的八字鬍甚至不見了，但對方那種在看到蘿絲瑪麗時會露出的猥褻小眼神他們是絕對不會認錯的。

「你為什麼戴著蘿絲瑪麗的髮飾？」里茲一臉嫌惡地看著萊特，隨即又恍然大悟地捧著臉喊道：「神聖的大女巫啊！這是陷阱對不對？你們想把我釣出來的陷阱！蘿絲瑪麗根本沒來！」

面對里茲的質問，萊特欲言又止——呃，他還真的無法否認這是個陷阱，他們本來就是要下來堵他的。

「再說一次，不是我們害死你的，是那群獵巫人！還有是你自己叫我們到地獄裡來找你的。」柯羅指著里茲的鼻子說。

里茲看著比他矮小的黑髮男巫，他一臉不可置信地搖頭：「我只是想逗逗你們和蘿絲瑪麗而已，你們還真的跑到地獄來找我？你們發瘋了嗎？」

柯羅握拳正準備要衝過去揍里茲時被萊特攔了下來。

「我真是不敢相信，我一個人孤孤單單地在地獄裡待了這麼久，每天看那些情侶成雙成對……好不容易終於盼到新人到來，結果竟然是你們！」里茲一臉絕望地坐在樹下那粉紅色的雙人長椅上，在這個花園裡似乎一切都是為了情侶們打造的，所有的東西還都是粉紅色的。

「從你死掉到現在才過了大概一天而已。」柯羅忍不住吐槽。

「你懂什麼，小屁孩，地獄會弄亂你的腦子，讓你混亂、產生錯覺，對你們來說或許才過一天而已，對我來說已經是一輩子了！」

萊特和柯羅互看了眼。確實，他們剛剛的恐怖經歷也都像是被折磨了一輩子，但實際上可能只是短短幾分鐘內發生的事。

「你知道單身一輩子有多恐怖嗎?!這裡真的是地獄，地獄！」里茲開始發出了啜泣聲。

「這就是你的地獄？」萊特轉頭看了圈生氣蓬勃的景象，再看向情緒潰堤的里茲，他無法理解。「我覺得這裡滿美的啊！」

「這不是你的地獄，你當然覺得很好。」里茲翻了個白眼。

「果然每個人的地獄不一樣嗎？」萊特雙手一拍。

「大概吧，我怎麼知道，我又沒有地獄的使用說明書。」

「所以如果每個人都下地獄，但每個人的地獄卻又都不一樣，這就解釋了我們為什麼同時到了同一個地方，卻又遇不到彼此，因為我們其實是到了不同的同個地方。」

柯羅瞪著萊特，完全沒聽懂對方在說什麼。

里茲顯然也不想聽萊特說話，綠髮男巫大大地嘆息一聲，既悲切又哀傷地摀住自己的臉，再度開始哭泣：「你們知道嗎？雖然我看起來像是個情場浪子，但我生前唯一渴望的，就是找到一個能廝守終生的伴侶。蘿絲瑪麗永遠是我的第一選擇，雖然她是個冷酷無情、陰險狡猾、多災多難的女人……」

「我說這樣的女人你還是放棄吧。」柯羅冷冷地說，里茲沒有理他。

「我一直以為我們總有一天一定會在一起，我和她看起來是這麼地速配，我們會結婚，生很多小男巫和小女巫……」里茲又是一陣悲從中來，開始嚎泣：「但現在看來這一切都只是夢而已，你看看我被困在了哪裡！在這裡甚至連倉鼠都能找到牠的終身伴侶，但就只有我不行，只有我！」

里茲指著他們腳下。

「哇！」萊特和柯羅低頭一看，他們腳下不知何時竟然出現了一對正在親熱的倉鼠，還把萊特的腳背當成了免費的床。

「小孩不能看啦！」萊特遮住柯羅的眼睛，然後輕輕抖掉把他的腳當成床的倉鼠們。

「這只是倉鼠交配而已！」柯羅用力地打掉了萊特的手。

「十七歲是可以合法引用交配這字眼的年紀嗎？」

「呃呃呃呃——拜託你快談正事好嗎？」

「喔對，正事。」

萊特從這個倉鼠小插曲裡回過神來再度看向里茲，卻發現對方正凝視著他和柯羅，眼神不知為何變得熱切。

「我本來期望在這看不到盡頭的單身地獄煎熬裡，也許哪天會盼來蘿絲瑪麗的到來，但現在既然她不來了，我身邊又只有你們——」

萊特和柯羅的肩膀都被里茲大力按住，他們周遭的樹葉又開始飛落，蝴蝶翩翩起舞，不知道是哪裡來的情歌旋律又要響起。

「不如我們幾個就勉為其難地將就一下，多元成家，廝守終——」

萊特一拳揍到了里茲臉上。

「啊！啊！痛！痛死了！」

「抱歉，反射動作。」萊特一邊甩著手一邊面無表情地說。

雖然暴力不好，但有時候暴力才能達成目的。萊特雖然是個和平主義者，但他也一直是個有點自相矛盾的「用暴力解決問題」主義者。這拳就當他是替貓先生打的吧，喔對，還有調戲柯羅這個未成年人這件事。

「我只是開個玩笑！」里茲摀著臉大叫。為何人死透透進了地獄之後依然會感受到疼痛？

不管是誰發明地獄的，那傢伙絕對都是個混蛋。

「聽著，里茲，只是永遠單身而已，這並不恐怖，你會習慣，然後發現地獄的美好的。」萊特用力地拍了拍里茲的背：「反正就算你在世，也可能會打光棍一輩子，沒有人會喜歡酒鬼的。」

「你好惡毒。」里茲不可置信地倒抽了口氣，他憤怒地指著萊特：「總有一天你會遭受天打雷劈的。」

正巧，地獄邊緣轟隆作響，一陣雷聲大作，提醒了萊特和柯羅他們應該著手的正事。

「我們這趟下來不是為了聽你抱怨的，你應該很清楚我們是為何而來。」柯羅說。

里茲翻了個白眼，把悲傷收起，故態復萌：「你們真的很難纏耶，連我下地獄了也不放過我，快樂瑪麗安對你們來說真的這麼重要？」

「非常重要，快樂瑪麗安是解救我們朋友的唯一方法，你必須告訴我們她到底在哪裡。」萊特說。

「如果我還是不告訴你們呢？」

萊特和柯羅互看一眼。

「那麼這次就看你能逃去哪裡了。」萊特又開始把手指壓得喀喀作響，然後活動起關節來，一副作勢要把里茲當沙包打似的。

「好啦好啦！不要激動！我說就是了！」里茲摀著臉大叫。說真的，到底是哪個混蛋規定下地獄還會感受到疼痛的？

「快說！」柯羅逼問。

里茲實在是無可奈何。

「如果我告訴你們，你們確定會保證快樂瑪麗安的人身安全？」

「不用擔心，我保證。」萊特舉起手指。

里茲看著眼前髮色和眼神都亮晶晶的金髮教士，他大聲嘆息，然後說：

「你們還沒把我的屍體燒掉吧？」

「你再不說我回去就燒掉！」柯羅說。

「千萬不要燒，因為你們其實已經擁有快樂瑪麗安了。」

「什麼意思？」萊特和柯羅愣愣地看著里茲。

「如果你們找過悲傷安東尼就應該知道，我的寵物們有個特性，牠們是變色龍，最擅於偽裝——」里茲忽然指了指自己光滑的人中。

男巫的變色龍不是一般的變色龍，牠們的偽裝不只是顏色上的偽裝，而是形態上的偽裝，牠們可以變成任何一種東西。

萊特和柯羅花了幾秒鐘的時間消化並且理解出答案，然後兩人在同一時間發出怒吼——

「我神聖的大女巫啊！你臉上愚蠢的八字鬍就是快樂瑪麗安嗎？」

CHAPTER

10

快樂瑪麗安

萊特和柯羅簡直不敢相信，他們花費了這麼多心力，還冒險從現世來到地獄，結果從頭到尾，快樂瑪麗安就在他們身邊？

這下他們終於知道為什麼樹汀會這麼想一拳揍在眼前這傢伙的臉上了。

「對，你們應該先檢查一下的，我沒想到你們真的會跑到地獄來，真是一群蠢蛋哈哈哈……喂、喂！我已經告訴你們快樂瑪麗安在哪裡了，不准打人！」

「我們竟然在這裡跟一個真正的蠢蛋浪費時間和生命。」柯羅不敢置信地抹了把臉。

「怎麼會蠢？我讓快樂瑪麗安假扮成我的八字鬍這麼多年都沒人發現，你不覺得我很聰明嗎？我在吃東西的時候甚至還可以順便餵她呢！」里茲反駁。

那她排泄的時候呢？萊特想了想，最後還是決定不要把這個問題問出口，太噁心了。

「算了，無論如何我們還是問到答案完成任務，就別跟他計較了。」萊特拍拍柯羅的肩膀。

「他真的很蠢，真的。」柯羅依然很介意地搖著頭。

萊特笑了笑，他收起放在柯羅肩上的手：「我們該回去了，鹿學長還在等我們……」

就在他準備和柯羅討論該怎麼回到現世時，里茲打斷了他們。

「慢著，你們兩個究竟是怎麼找到我的？我記得要下地獄尋找亡靈的話，除了需要引誘亡靈的物品之外，還需要亡者的靈魂之窗……」

這次換萊特和柯羅一臉無辜地看向里茲，然後分別指了指自己的右眼和左眼。

「你們挖掉了我兩隻美麗的眼睛嗎?!」

「反正你不會再用到你的身體了，不是嗎？」萊特聳肩。

金髮教士有時候嘴巴真的意外地毒。柯羅瞥了萊特一眼。

「你們挖了我的眼睛，揍了我，現在利用完我之後還想馬上離開？」

萊特和柯羅點點頭。

「喂！你們就不能有點羞恥心嗎？我幫了你們這麼多忙，你們至少應該主動提議回去之後會幫我完成遺願之類的？」

「像是什麼？」

「像是幫我帶話給我生前的摯愛什麼的……」

萊特露出了一臉很麻煩的表情。

「你那什麼臉，你可是教士耶！」

「好啦好啦。」萊特嘆了口氣，同意了里茲的請求：「你就說吧，如果你最後有什麼話想要讓我和柯羅轉達給蘿絲瑪麗。」

里茲一臉感恩地看著萊特和柯羅，他對他們招招手，要他們靠近點。

萊特帶著心不甘情不願的柯羅靠近里茲，里茲則是用很小的音量說道：「請幫我告訴蘿絲瑪麗，我在地獄裡等她，在她下來之後，我打算娶她，然後在夜裡掀開她的鳥籠裙，爬進她的雙腿之間——」

越聽到後面萊特越覺得不妙，他身旁的柯羅臉色都漲成了豬肝色。

「不！我們才不要幫你跟蘿絲瑪麗說這——」萊特動手遮住柯羅的耳朵，就在他想要教訓里茲一頓之前，對方眼明手快地將他頭髮上的髮飾全都扯下，還出手分別將他右眼和柯羅左眼上的靈魂之窗摳了下來。

「你們上當了，蠢蛋們！回你們自己的地獄去吧！我們有機會再見啦！」里茲哈哈哈哈大笑幾聲之後，消失在錯愕的萊特和柯羅面前。

沒了靈魂之窗，蝴蝶、鳥兒和整座粉紅色的漂亮花園立刻消退，萊特腳下再度湧出了黑沙，風聲和雷聲不斷灌了進來。

柯羅則是聞到了那股甜膩熟悉的楓糖味，極鴉宅邸那座檜木製的大餐桌出現在他面前，堆疊成小山的鬆餅放了滿桌。厚牆和地板逐步成形，想把他困進原本的小籠子裡。

他們腳下一陣晃動，萊特的雙腳陷在黑沙裡往後滑去，一道門在他和柯羅中間逐漸成形。只不過這次柯羅在門扉關上之前就拉住了萊特的手，他們緊緊握住對方的手不放。

「有機會回地獄的話我要殺了那傢伙！」柯羅吼著。

「還是別回來了吧！」萊特喊道。

地獄像是想把他們兩個扯開似的，萊特不斷淹沒在黑沙裡，柯羅則是可憐兮兮地被夾在快要闔起的門扉中間。

「別放手！」柯羅喊著，但萊特沉進黑沙裡的力量太大，最後柯羅一起被拉下了萊特的地獄。

兩人被捲進黑沙裡，柯羅的門則是在瞬間傾斜，門內的鬆餅有如雨點般落下，鬆餅和糖漿跟著黑沙一起堆疊在他們頭上。

「操！你的地獄爛死了！」被黑沙淹沒前的柯羅喊著。

「我短時間內不吃鬆餅了！」萊特撥掉了臉上的鬆餅。

他們頭頂上的地獄邊緣轟隆隆地作響，那個在地獄邊緣徘徊的使魔身影則是離他們越來越近，萊特知道他們真的沒時間了。

「抓緊，我們要回去了！」

萊特和柯羅用力握著彼此的手，將對方的手都捏到接近疼痛的程度。在黑沙和鬆餅海將兩人逐步淹沒之際，他們分別扯緊了綁在小指上的絲線，並祈禱一切都還來得及——

威廉緊盯著自己的雙手。他的左手連接著萊特，右手連接著柯羅，兩者都已經一段時間沒有動靜，這讓他不禁懷疑他們是不是真的迷失在地獄裡了。

威廉不自覺地握緊了左手，他希望金髮的教士能及時趕回來。

「還沒好嗎？」格雷不停地在室內踱步，不耐煩地看著威廉，好像這一切都是威廉的錯一樣。

威廉厭惡他的教士。

他們之間的隔閡並沒有隨著相處時間的拉長而變得更圓融，就如同當初蘿絲瑪麗所告訴他的一樣，不需要太期待教廷所派下的教士的素質，就算是經由她抽籤得來的結果，很多時候，教士和巫族的組合都只是迫不得已的妥協。

過去也有很多教士和巫族不合的例子，他們都有耳聞，也都早該有心理準備。

但威廉還是不懂，為什麼只有他的教士是這樣呢？

鷹派的教士似乎永遠不滿意他所做的每一件事，永遠無法用對等的身分看待他，好像他只是一件有很多瑕疵的附屬品一樣。

這讓威廉感到非常痛苦。他的教士不該是格雷的。

如果當初抽籤的結果，成為他的教士的人是萊特，那麼一切就會不一樣了……有時候，威廉會反覆不斷地幻想著這件事。

父親感到了忌妒。

伏蘿曾經這麼說過。當時威廉並沒有承認，但他現在似乎無法否認——自己確實感到了忌妒。

「閉嘴，格雷。」榭汀瞪了格雷一眼，他們正忙著觀察萊特和柯羅的狀況。在他狂搧了萊特一頓巴掌之後，金髮教士和柯羅的狀況都暫時穩定了下來。

榭汀不確定他們在下面究竟發生了什麼事，不過因為巴掌有用的關係，他在他們穩定下來之後又揍了萊特幾下。希望對方醒來之後沒發現自己的臉頰腫起來了。

「我只是想關心一下你們的狀況而已……畢竟我現在是在場唯一的教士，我有監督你們的義務。」格雷站在丹鹿前方，曉以大義地說：「我知道在場的你們沒人能理解督導教士這個職務的重大意義，你們八成覺得督導教士成天就是來記錄你們的缺點，盯著你們的一舉一動，但不是這樣的，督導教士的職責是——」

榭汀抬手打斷了格雷的演講，因為萊特和柯羅的臉色又開始變得痛苦，他們的身體微微地顫抖了起來。

同時，手上一直沒有動靜的威廉忽然感受到了一股拉扯的力量。

「他們拉繩了！」威廉說。

「他們要回來了。」蘿絲瑪麗和榭汀互看了眼。

「威廉，用力拉！把他們拉上來！」絲蘭按緊了威廉的肩膀，嚴肅地喊道。

威廉聽從絲蘭的命令開始拉著手上的繩索。

「快點準備，等他們的靈魂回來就要馬上弄醒他們！」蘿絲瑪麗對著榭汀說。

榭汀點點頭，他拿出預先準備好的不知名藥水，並且開始點火燒著藥水，蘿絲瑪麗也在一旁幫忙。眾人忙成一團，格雷站場監督，不知道自己該做什麼，也沒有發現身後原本坐著的丹鹿已經從輪椅上站了起來——

此時的威廉正專注地將所有心力放在手中的白色繩索上，繩索一路連接到絲蘭開啟的大門後方，被緊緊扯住。威廉用盡全力將繩索往回拉，他知道自己必須專心一致，才能把兩個人的靈魂都拉回現世。

然而——

父親感到了忌妒。

伏蘿的話卻像卡住的留聲機，不斷在他腦海內播放，然後一個想法像小幼苗一樣地冒了出來——如果沒了柯羅，萊特有沒有機會成為他的教士？

威廉不斷拉著繩索，將繩索捲在手上，但他右手的動作卻不自覺地停了下來。

那只是個想法而已。

父親感到了忌妒。

只是個想法而已……

威廉停下了所有的動作。

就在這時，不知道是絲蘭還是榭汀發出了吼聲，或他們同時都發出了吼聲——

「格雷！丹鹿！」

事情發生得很快，原先坐在輪椅上的丹鹿竟然站了起來，他張開的雙眼一片漆黑。在格雷來得及反應之前，他順手拔起了教士佩在腰間的防身小刀，然後衝向了離他最近的蘿絲瑪麗。

「不！」格雷伸手要拉住丹鹿但錯失了時間。

眼見丹鹿握著刀要撲上來，反應不及的蘿絲瑪麗抬手護住自己。在刀尖沒入她的胸口之前，黑色的大豹及時從她腹部裡衝了出來，把丹鹿撲倒在地。

然而蘿絲瑪麗仍然因為重心不穩重重地摔倒在地。

「蘿絲瑪麗！」榭汀衝向蘿絲瑪麗，將人扶起，但臉色慘白的蘿絲瑪麗痛苦地緊閉著雙眼，似乎摔得不輕。

見狀，壓制住丹鹿的暹因發出了危險的呼嚕聲，牠腳下的丹鹿則是不斷發出挑釁的笑聲：「你們在玩什麼，怎麼沒有讓我參加呢？」

榭汀看著丹鹿全黑的雙眼。

「被控制住了……怎麼會？我們明明給他用了藥。」

「我說過，論玩遊戲，針蠍家是絕對不會輸的，我們永遠能找到贏的辦法。」丹鹿露出了朱諾式的微笑。他看向手上的小刀，想也沒想直接用力插進暹因的腹部。

黑色的大豹嘶吼著，張嘴扯著丹鹿的領子將他甩了出去。

紅髮教士撞上了牆，但身為操控者的朱諾是不會感到疼痛的。

「你們要捧斷你們心愛的教士的肋骨了。」紅髮教士抱著腹部躺在地上大笑。

「我要咬爛你！」

「不！暹因，那是丹鹿的身體──」眼看暹因匍匐著身軀要再度衝向丹鹿，逼不得已，榭汀在混亂之中喊道：「敲敲門！」

一隻藍色的大貓瞬間出現衝向暹因，將牠撲倒在地。兩隻凶猛的貓科動物扭打成一團，撞翻了藥草櫃和辦公桌，幾個櫃子在絲蘭和威廉身邊倒下，差點壓到他們。

「快停手！不要打斷儀式，再這樣下去萊特和柯羅會回不來的！」絲蘭喊著。

看著眼前混亂的場面，紅髮教士笑得更大聲了，他按著自己的胸口，在暹因甩開柴郡準備再次撲向他之前，他起身，對著榭汀和蘿絲瑪麗一鞠躬：「謝謝，這場遊戲我玩得很愉快，但我想勝負已定了——」

被控制著的丹鹿給了榭汀一個飛吻，然後在暹因衝向他之際，他的身體就像沒了絲線的木偶娃娃應聲倒地。

「柴郡！」榭汀喊道。

在暹因一口咬上丹鹿的脖子之前，柴郡再度從暹因面前出現，與黑色大豹正面撞上，兩隻使魔撕扯著對方，眼見就要摔往絲蘭和威廉的方向——

「小心！柴郡！」榭汀一聲令下，死死咬著暹因皮肉的柴郡在牠們撞上絲蘭和威廉之前，瞬間將牠們轉移到了其他空間，有驚無險地閃過了待在魔法陣中的絲蘭和威廉。

只是在魔法陣中的威廉仍然分心了，那個卑鄙的念頭在他腦袋裡不斷地徘徊著，那導致他在暹因和柴郡差點撞上他們時，他的右手鬆開了。

繩索滑落的速度比威廉想像的還要快。

「你的髮絲斷了！威廉！」絲蘭在他背後大吼著。

威廉停頓了幾秒，「不！」

當他忽然驚醒，伸手要再去抓住連結著柯羅的繩索時，已經來不及了，他只能眼睜睜地看著那條白線落入地獄邊緣——

瑞文換上了一套新的西裝，他站在全身鏡前反覆地整理著自己的衣服，直到滿意為止。

布蘭登縮在主臥室的大床上，用棉被遮著自己。他看著站在父母衣帽間裡的瑞文，年輕的男巫對他來說就像那些深夜裡困擾著他的衣櫃怪物一樣，只是唯有他是真實存在的。

確認完自己的衣著打扮之後，瑞文從衣帽間裡走了出來，他看著被亞森安置上床的男孩。歷經了一整天的驚嚇，孩子看起來非常疲倦，但他的眼睛仍然張得大大的，不敢入睡。

「很抱歉我不能帶著你離開。」瑞文坐到了床邊，伸手輕輕地摸著男孩的腦袋，「即使你很像他，但你終究不是他。」

「你要……你要離開了嗎？」布蘭登怯生生地詢問，懷抱著些許希望。

「對，我們還有一些重要的事需要處理，所以必須離開了。」

「那、那你會把媽咪、爹地還有哥哥還給我嗎？」

瑞文沉默了幾秒後，他露出微笑：「當然了，不要擔心，我會讓他們陪著你的。等等媽咪就會進來，唱搖籃曲給你聽，好嗎？」

布蘭登不知道該說什麼，只能乖巧地點了點頭。

「那麼再見了。」瑞文傾身在黑髮男孩的額頭上落下輕輕的一吻。

「再見，瑞文。」小男孩的神色終於放鬆下來。

瑞文起身走出主臥室時，小狼犬亞森已經在外頭等待他了。

「你準備好了嗎，亞森？」

「我們又沒什麼行李。」

「很好。朱諾呢？」

「你是不是給他太多白鴉葉了？那傢伙從浴缸裡出來後就一直在瘋狂大笑，講話顛三倒四的，根本沒辦法溝通。」

「可能是不小心多用了一點。」

「下次不要再這樣好嗎？白鴉葉又不是這麼好取得。」

「是、是，老媽——那朱諾現在在哪裡呢？還在床上休息？」

「不，我把他包在浴巾裡，然後丟進後車廂了，我們隨時都可以離開。」

「很好，你真聰明，那麼你先去車上等我吧？我很快就跟上。」

瑞文拍了拍小狼犬亞森的腦袋，在亞森聽話地離開後，他緩緩走向客廳。

海德先生和他的大兒子筋疲力盡地倒在客廳的沙發上，他們淚痕已乾的臉面向著電視，兩眼無神地盯著上頭不斷發出笑聲的家庭喜劇。

瑞文微笑，他再度走向廚房，黑髮的女人獨自站在廚房裡盯著爐子看。平底鍋放在瓦斯爐上，火開得很大，但上面已經沒有任何東西了，鍋子燒焦的陣陣煙味瀰漫著整個室內。

「媽咪，夠了，孩子們已經吃飽了。」瑞文輕聲說道。

女人轉過身來走向瑞文，她的面容憔悴。

瑞文溫柔地牽起她的手，像是道別似地最後在她臉上輕輕落下一吻。

「現在，回到房間去，唱首搖籃曲給妳的孩子聽，然後你們就可以一起入睡了。」

女人點點頭，她默默地看著男巫在留下指令後轉身離開她的家、她的房子。

用盡了全身最後一絲的力量，在男巫將他們的家門帶上之後，女人想轉過身關掉瓦斯爐上的火，再去看看她的丈夫和孩子們是否安然無恙；然而她的身體卻違背了她的意志，留下爐子上的大火，以及逐漸燒得焦黑的廚房，女人緩緩地走進了主臥室。

她依約坐到了床邊，然後輕輕拍著孩子的胸口。

「媽咪，他們離開了嗎？」她的孩子問她。

「噓、噓……」女人安撫她的孩子，唱起了搖籃曲。

停放在外頭的轎車，則是在房子燃起熊熊烈火之前，靜悄悄地從車道上滑走，駛向靈郡的另一個方向。

──《夜鴉事典07》完

高寶書版集團
gobooks.com.tw

輕世代 FW328

夜鴉事典 07 —鴉入樊籠—

作　　者　碰碰俺爺
繪　　者　woonak
編　　輯　林思妤
校　　對　任芸慧
美術編輯　彭裕芳
排　　版　彭立瑋

發 行 人　朱凱蕾
出　　版　英屬維京群島商高寶國際有限公司臺灣分公司
　　　　　Global Group Holdings, Ltd.
地　　址　臺北市內湖區洲子街 88 號 3 樓
網　　址　www.gobooks.com.tw
電　　話　(02) 27992788
電　　郵　readers@gobooks.com.tw（讀者服務部）
　　　　　pr@gobooks.com.tw（公關諮詢部）
傳　　真　出版部　(02) 27990909　行銷部 (02) 27993088
郵政劃撥　50404557
戶　　名　三日月書版股份有限公司
發　　行　三日月書版股份有限公司 /Printed in Taiwan
初版日期　2020 年 2 月
三刷日期　2020 年 5 月

國家圖書館出版品預行編目 (CIP) 資料

夜鴉事典 / 碰碰俺爺著 .-- 初版 . -- 臺北市 : 高寶國際 , 2020.02-
　冊 ;　公分 . --

ISBN 978-986-361-788-4(第 7 冊 : 平裝)

863.57　　108022237

三日月書版

三日月書版

GOBOOKS
& SITAK
GROUP©

GOBOOKS
& SITAK
GROUP©